L'ESCAPADE DU LOUP

LES LOUPS DE GRANITE LAKE, TOME 2

VIVIAN AREND

WOLF FLIGHT / L'Escapade du loup

Copyright © 2009 par Arend Publishing Inc.

ISBN : 9781990674020

Correction de la version originale par Anne Scott

Relecture de la version originale par Sharon Muha

Traduit par Murielle Clément et Valentin Translation

Conception de la couverture par Croco Designs

PROLOGUE

Cinq mois auparavant, septembre
Whistler, Colombie-Britannique

Après le dîner, l'entrepôt de Whistler était bondé, avec de petits groupes réunis autour de la salle pour discuter entre eux. Les conversations se calmèrent pendant un moment alors que des rires éclatèrent de l'endroit où l'Alpha et ses acolytes étaient assis sur les premiers sièges devant l'immense cheminée en pierre.

Un avertissement glacial atteignit le dos de Missy Leason, et elle renonça à la discussion devant elle. Elle se leva de sa chaise et se dirigea tranquillement vers la sortie, se faufilant entre les canapés et les fauteuils inclinables qui remplissaient l'espace de réunion et de détente pour la meute.

Missy ne se faisait aucune illusion sur la précarité de sa position. En tant que veuve d'un loup de haut rang, même celui dont la position avait un lien avec sa relation familiale et non son pouvoir, elle était une cible évidente pour tous les loups cherchant à monter en grade.

Ce qui serait, oh, à peu près tout le monde.

Seulement, elle ne s'inquiétait pas de tous, juste d'un individu très dangereux.

Cela aurait pu être pire. Cela aurait été pire si elle n'avait pas réussi à garder son secret, ou à cacher ses compétences en développement non seulement à son défunt mari, mais aussi au reste d'entre eux.

Le regard de son Alpha la brûlait. Elle marchait la tête baissée, essayant de se faire petite dans l'espace commun vers son appartement à l'arrière du complexe.

— Missy, appela Doug. Viens ici.

Elle se tourna docilement vers lui, les cheveux sur sa nuque se dressèrent et un frisson parcourut sa peau. Elle avait espéré éviter cette convocation encore un peu.

Devant la cheminée massive, Missy serra ses doigts et détourna les yeux à la dernière seconde.

— Jeff est parti depuis un mois maintenant, nota Doug, ses longs doigts bien entretenus tapotant le bras du fauteuil en cuir rembourré. Son costume élégant, son menton rasé de près et ses cheveux impeccablement coiffés contrastaient fortement avec ce qu'elle connaissait de sa personnalité.

Elle avait vu son loup tuer plus souvent que nécessaire, même pour un Alpha essayant de maintenir l'ordre dans une grande meute.

Inquiète, Missy se balança sur ses pieds.

Doug se leva de son siège pour dominer sa petite silhouette, assez près pour que la chaleur de son corps surpasse la chaleur du feu.

Elle regarda par-dessus les têtes des loups affalés sur le canapé juste devant eux. *Ne lui laisse pas voir à quel point tu le détestes. Ne montre aucun signe de manque de respect pour autant.*

D'autres dans la salle les regardèrent avec curiosité pendant une minute avant de revenir à leurs conversations. Seuls les loups de police dispersés discrètement dans la pièce se tendirent, prêts à passer à l'action si nécessaire.

Le niveau de paranoïa que son Alpha entretenait parmi ses guerriers la choqua. Pensaient-ils vraiment qu'elle défierait Doug ?

Il semblait que peu de membres de la meute savaient qu'il était loin de l'honorable homme d'affaires qu'il prétendait être. Missy se demanda ce que l'Alpha partageait avec ses alliés les plus proches, combien de ses méfaits les autres chefs de la meute approuvaient.

Les Bêtas et les autres étaient-ils aussi des victimes ignorantes ?

— Ça te dérange de m'entendre parler de mon frère ? Il te manque à ce point ?

La voix raffinée de Doug lui heurta les oreilles.

— Ici, je ne pensais pas que tu te languirais de sa conversation, ou que tu voudrais qu'il te tienne la nuit dans ses bras.

Il rit doucement, et le son crissa sur ses nerfs comme des clous sur un tableau noir.

Au cours des deux dernières années, Missy avait pris conscience de changements lents dans ses capacités, y compris un sens accru des motivations des autres. Le maléfique Doug s'était plongé dans chaque fibre de son être.

Missy détourna la tête pour éviter de montrer son dégoût. Elle déglutit difficilement et repoussa les émotions menaçant de l'engloutir. Sa colère, sa peur.

Le désir presque irrésistible de se retourner et de fuir.

Elle ne pouvait pas courir, pas encore. Elle avait besoin

de plus de temps. Le temps de trouver une échappatoire au piège qui se refermait sur elle au fil des jours.

Doug fit courir un doigt sur sa joue, lui arrachant une boucle blonde, et l'amertume lui prit la gorge. Missy se concentra pour avoir l'air calme, se forçant à cligner des yeux naturellement alors qu'elle ralentit son pouls, sa respiration. Calmer tous les signes révélateurs qui pourraient alerter de ses intentions ce puissant loup-garou.

Il était son beau-frère, son Alpha, mais elle refusait de le laisser la contrôler.

Le doigt continua le lent chemin le long de son corps alors qu'elle restait immobile.

— Jeff n'a jamais su quel trésor il avait, n'est-ce pas ? demanda Doug, sa voix sombre, sale comme une nappe d'huile sur sa peau. Il se pencha pour lui murmurer à l'oreille.

— Ma douce Oméga...

Son rythme cardiaque vacilla pendant une fraction de seconde avant qu'elle ne réprime la surprise.

Comment avait-il pu découvrir ce qu'elle avait travaillé si dur à cacher ? Elle apprenait encore à contrôler ses compétences non entraînées, y compris la capacité de lire et de manipuler les émotions des autres, de les calmer et de les apaiser. Les Omégas étaient rares et très recherchés parmi la communauté des métamorphes. Avec des conseils appropriés, elle serait une bénédiction pour une meute. Sous une mauvaise influence, ses compétences pourraient être mortelles.

Il n'y avait aucun doute dans l'esprit de Missy sur le type de leadership qui dirigeait sa meute à l'heure actuelle.

Doug gloussa, un son léger qui la fit néanmoins frissonner.

— Oh, oui, je sais. J'ai toujours su. Tu ne peux pas cacher une capacité potentielle à un Alpha qui la recherche.

Il passa un doigt au-dessus de sa tête, et les loups assis autour d'eux se dispersèrent, les conversations s'estompant pour les laisser seuls. La peur de Missy tripla et des doigts glacés rampèrent le long de sa colonne vertébrale malgré le feu qui embrasait son dos.

Doug lui souleva le menton avec un doigt épais, inclinant son visage comme s'il examinait une pièce de bœuf chez le boucher. Il renifla et parla doucement, ses mots pour elle seule.

— Quand j'ai extorqué de ta famille ton mariage avec mon frère, j'espérais que tu finirais par être liée de façon permanente à lui. Avec une connexion entre vous, j'aurais pu vous maîtriser tous les deux. Comme avec tout ce que Jeff touchait, il a ruiné mes plans. Il n'était même pas assez fort pour te piéger avec un faux Premier Accouplement.

Missy frissonna à cette pensée. Comme tout loup, elle aspirait à trouver son compagnon, celui qui lui correspondrait non seulement physiquement, mais émotionnellement. Forcée à un mariage sans amour pour sauver sa famille avait été déjà assez grave, mais cela aurait été bien pire de s'imaginer appartenir corps et âme à Jeff simplement à cause de phéromones hyperactives.

Une main forte serra son cou. Doug la regarda fixement, ses narines se dilatant.

— Il était terriblement négligent en t'entraînant à être obéissante. Mais il est parti, maintenant. Ce malheureux incident, tu sais.

Le cœur de Missy battit plus fort alors que la vérité sur l'accident passa involontairement de l'esprit de Doug au sien. Des images défilèrent — des cordes coupées par des couteaux, un corps qui tombait, des chutes de pierres —

elle cligna des yeux lentement, prudemment. L'information se transféra entre eux aussi clairement que s'il avait parlé. C'était un don et une malédiction d'être un loup Oméga.

Son propre frère avait tué son mari.

Fermant les yeux pour faire taire la douleur, elle retint ses larmes. Elle n'aimait peut-être pas Jeff, mais il ne méritait pas de mourir ainsi. Le crépitement du feu résonna fortement et étrangement : elle cherchait quelque chose sur quoi se concentrer pour effacer de son esprit le contact répugnant de Doug.

Doug grogna.

— Hum, tu es bonne. Tellement de potentiel. Tellement de choses que je pourrais faire avec toi une fois que tu seras correctement entraînée.

Doug relâcha son étreinte pendant une seconde et glissa ses doigts dans ses cheveux, tirant assez fort pour lui faire monter les larmes aux yeux.

Son sang pulsa, sa bouche s'assécha soudainement, et elle se concentra pour se faire oublier de Doug. Elle n'était rien, elle était indescriptible. Atteignant profondément la partie d'elle-même qu'elle avait cachée pendant des années, elle tenta de calmer son Alpha.

Étonnamment, la traction déchirante sur ses cheveux s'estompa tandis qu'il laissa tomber ses mains sur le côté et la relâcha.

Sans le quitter des yeux, elle continua à répandre des émotions apaisantes de son cœur, s'assurant de les rendre non menaçantes, inintéressantes. Surtout non sexuelles, car si Doug décidait de la réclamer physiquement, elle serait perdue. Elle se briserait en mille morceaux et ne serait jamais libre de lui.

Il se détourna d'elle et sa panique s'allégea, la peur s'estompa. Il réagissait à son stimulus. Elle respira irrégulièrement, se préparant à reculer et à disparaître.

Soudain, sa main serra à nouveau sa gorge, serrant assez fort pour lui faire mal, et elle se figea, physiquement et mentalement.

— Ne tente pas tes tours, petite fille. Tu es forte. Beaucoup plus forte que mon frère, tu as donc pu le contrôler. Ne commets pas l'erreur de supposer que tu puisses utiliser tes compétences contre moi. Je vais te tuer si tu essaies à nouveau.

Il serra une dernière fois avant de la relâcher, sa main se déplaçant pour prendre son visage dans ses paumes alors qu'elle cherchait à retrouver sa respiration.

Sa voix n'était qu'un murmure, menaçant dans sa douceur, airs civilisés cachant le monstre.

— Je suis un homme patient, Missy. J'ai attendu le moment opportun pour reprendre la meute. J'ai manœuvré sans relâche pour conclure des accords qui apporteront les ressources financières que je désire. Je peux t'attendre jusqu'à ce que le moment soit venu. Puisque les apparences sont si importantes pour les loups, je ne songerais pas encore à t'emmener. Je ne veux pas attirer l'attention du conseil. Même si manifestement tu souffres, ton compagnon te manque.

Ses doigts glissèrent le long de sa joue et elle frissonna involontairement.

— Pauvre petite chose. Tout le monde sait à quel point il est dévastateur de perdre un compagnon. Heureusement que je suis sans partenaire. J'avais prévu d'épouser quelqu'un au moment où cela aurait le plus de sens politiquement, mais je suppose que c'est assez important. En tant qu'Alpha et ton beau-frère, je suis le seul à pouvoir le remplacer.

Il laissa retomber sa main, la glissant intimement le long de son corps.

Si elle avait vraiment été accouplée, les paroles de Doug auraient été vraies. La perte d'un partenaire arrache quelque chose de l'intérieur, et de nombreux loups ne le récupèrent jamais. Avec les similitudes génétiques entre les frères et la force de Doug en tant qu'Alpha, la meute s'attendait à ce qu'il prenne Missy sous sa protection.

Et dans son lit.

Seulement, elle et Jeff n'avaient pas été accouplés. Il n'y avait eu aucun lien véritable entre eux, autre que l'envie profonde de rester en vie sous la tyrannie d'un Alpha qui contrôlait et conquérait à sa guise. Jeff n'avait pas survécu.

Elle se raidit, jetant un coup d'œil dans la salle commune pour voir s'il y avait quelqu'un à proximité qui regardait l'altercation et vers qui elle pourrait se tourner pour obtenir de l'aide. Personne ne leur prêtait attention. Une bouffée de chaleur l'irradia, et elle prit une profonde inspiration.

C'était elle seule.

Missy voulait désespérément s'échapper, mais Doug avait toujours le pouvoir sur elle. Elle avait besoin de temps pour trouver un moyen de se sortir de ce pétrin.

— Je dois quitter la meute pendant une période prolongée. Ma position au sein de l'équipe de recherche a été...

Doug agita une main devant son visage.

— Je sais. Tu voyages avec le groupe Lauren pour installer des stations météorologiques. Le délai est de quatre à cinq mois pour que le travail soit terminé, n'est-ce pas ?

Missy jura intérieurement. Comment ce salaud pouvait-il connaître les détails d'un contrat personnel qu'elle avait signé il y a quelques jours seulement ? Elle avait essayé d'être extrêmement prudente, de garder ses informations secrètes, mais il avait des oreilles partout.

— Je t'attends d'ici la fin février.

Ses yeux sombres la fixèrent.

— Ne commets pas l'erreur de retarder ton retour, Missy, ou il y aura des conséquences que ta sœur n'appréciera pas.

Elle restait impassible.

— Laisse Margaret en dehors de ça. Elle fréquente l'université de Vancouver. Elle ne fait plus partie de cette meute.

Doug secoua la tête.

— Personne n'est jamais vraiment hors de la surveillance protectrice de la meute, tu devrais le savoir. Je suis sûr que Maggie ira bien tant que tu te souviendras de ta place.

Il se pencha et frotta ses lèvres contre sa joue, lui murmurant à l'oreille :

— Six mois, ma petite Oméga. Je te donne six mois, comme l'indique le code. Alors, je te prendrai pour moi, et nos compétences combinées créeront cette meute.

Il la congédia brusquement, se détournant pour récupérer sa chaise, ses yeux brillants fixant le feu.

Les forces de l'ordre se rassemblèrent à nouveau autour de Doug. Missy recula, désireuse de quitter la chaleur étouffante qui n'avait rien à voir avec les flammes de la cheminée. Elle se força à marcher, pas à courir, la tête haute. Rien ne devait faire penser que le diable lui-même venait d'annoncer qu'elle serait sa reine.

Il n'y avait aucune chance qu'elle le rejoigne volontairement en Enfer.

1

Février, Haines Junction, Yukon

Tad s'appuya contre le mur extérieur froid et regardait l'hélicoptère de la compagnie s'installer sur la piste. De la neige poudreuse volait autour du grand bâtiment revêtu de métal qu'ils utilisaient comme hangar pour l'hélicoptère et le petit avion de brousse. Il fit brièvement signe à son partenaire commercial, Shaun, avant de se précipiter à l'intérieur.

Il ne lui restait plus beaucoup de temps et il avait une tonne de préparatifs à terminer avant le vol de l'après-midi.

Le Silver Hammer de Maxwell avait décroché un contrat majeur pour transporter des chercheurs vers et depuis un camp au pied du mont Logan. L'argent était super, mais le timing était nul.

Tad parcourait sa liste de contrôle, mais son esprit s'égara, l'inquiétude pour sa sœur le distrayait. À quoi avait-il pensé en laissant une fille sourde partir seule dans l'arrière-pays ? Il était censé prendre soin d'elle, pas la jeter aux loups !

Il aurait dû refuser le contrat et partir avec elle comme ils l'avaient initialement prévu. Il était toujours perdu dans ses pensées lorsqu'une forte tape sur son épaule le fit sursauter, et il bondit en arrière pour découvrir son partenaire commercial tout proche de lui.

— Putain de merde, Shaun ! La prochaine fois, préviens, veux-tu ?

Tad pesta, son cœur battant à grands coups.

— Tu es un putain de loup-garou. Pourquoi ne peux-tu pas apprendre à flairer les gens qui approchent ?

Shaun enleva sa veste de vol et la jeta sur l'une des chaises sur le côté du magasin. Son sourire arrogant ne fit pas grand-chose pour détendre le nœud dans l'estomac de Tad.

— Fais pas chier.

Certes, sa capacité à sentir était nulle. Il y avait des choses bien plus importantes à se soucier !

— Robyn va bien ? Merde, je ne peux pas croire que je l'ai laissée partir en voyage sans moi. Et si quelque chose lui arrivait ?

Shaun éclata de rire en le frappant brutalement dans le dos.

— Tu es trop possessif envers ta sœur. Elle va bien. C'est une excellente skieuse expérimentée dans l'arrière-pays. De plus, elle est tellement puissante qu'être coincé avec elle dans une pièce fermée me tue presque.

Il s'arrêta une seconde, jetant un coup d'œil inquiet à Tad.

— Tu dois lui dire bientôt. Je veux dire, tu sais que tu as des gènes de loup-garou depuis quelques années maintenant. Elle a besoin de le savoir pour pouvoir continuer sa vie, en savoir plus sur son autre côté. Elle sera la plus belle des loups quand elle déclenchera ses gènes.

Tad serra les dents, son visage soudain brûlant, ses muscles tendus. Pas encore cette conversation !

— Oui, et je suppose que tu veux avoir le privilège de la déclencher ?

Shaun haussa les sourcils plusieurs fois et sourit.

— Eh bien, ce ne serait pas du tout une corvée.

Tad fit décoller son ami de terre.

Les orteils à quelques centimètres du sol, Shaun donna plusieurs coups de pied.

— Merde, Tad, je plaisante ! Pose-moi.

Shaun s'agita, son visage devint blanc.

Merde.

Tad le laissa tomber.

— Désolé, je suis un peu stressé. Entre Robyn et la réservation, et ma peau qui me démange comme si elle allait ramper et marcher toute seule...

Shaun s'éloigna prudemment, tirant sur ses vêtements.

— Pour un loup non déclenché, tu es trop fort. Je ne sais pas ce qui est pire, ton aboiement ou ta morsure. La démangeaison, c'est ton loup qui essaie de sortir. Tu dois te déclencher, bientôt, parce que toi et Robyn manquez tous les deux une grande partie de votre vie...

— Es-tu son compagnon ?

— Non, mais...

— Alors, garde tes putain de mains loin d'elle.

— Tu devrais peut-être lui laisser le choix. Dis-lui qu'elle a des gènes de loup-garou et laisse-la décider quoi faire à ce sujet.

Tad s'effondra sur une chaise, le corps avachi.

Découvrir que les loups-garous existaient avait été comme traverser la quatrième dimension. Découvrir que lui et sa sœur adoptive avaient les gènes nécessaires pour pouvoir se transformer en loups avait été encore plus surprenant.

Le reste des détails le rendait fou.

— J'ai commencé à lui dire une douzaine de fois, mais rien que d'y penser me fait transpirer. Pourquoi faut-il que ce soit le sexe qui déclenche le gène chez les adultes ? Comme si je devais dire à ma sœur d'aller baiser quelqu'un. C'est pénible d'essayer de trouver un partenaire. De plus, je ne peux pas changer pour prouver quoi que ce soit jusqu'à ce que je sois déclenché moi-même.

Il ferma les yeux et se frotta le visage.

— Tu as eu de la chance. Mes parents ne connaissent rien aux loups. Nous pensons que mon grand-père a fourni les gènes puis est mort avant de révéler son secret. Tu es né dans une famille de sang pur et as été déclenché par le lait de ta mère, donc ce n'était pas comme si tu avais un besoin urgent de sexe.

Shaun ricana.

— Pas un besoin urgent ? Tu ne te souviens pas de ce que c'est que d'être un adolescent ?

— Bâtard en chaleur ! Et tu te demandes pourquoi je veux que tu restes loin de Robyn ? se plaignit Tad, sa colère s'évanouissant, même si sa frustration restait élevée.

Shaun ne sembla pas comprendre à quel point c'était aggravant pour Tad en tant que demi-sang. Il avait aussi besoin d'un déclencheur hormonal, seul le sien serait libéré la première fois qu'il aurait des relations sexuelles avec une louve.

Tad aimait le sexe autant qu'un gars ordinaire, mais les femelles humaines avec lesquelles il avait été ne comptaient pas. Il reçut un coup de pied dans le cul, ce qui empêcha le déclenchement.

Putain d'hormones de loup.

— Ça ne te dérange pas ? demanda Tad. Ne pas être maître de ton propre destin ?

— De quoi parles-tu ?

— Le loup. La façon dont être un loup change toute ta vie.

Tad regarda dans le vide.

Shaun fronça les sourcils.

— Euh, non… je veux dire, ben oui, je peux me changer en loup. Ce n'est pas grand-chose. Ce n'est pas comme si j'avais des envies incontrôlables de hurler, ou que je bougeais involontairement lorsque c'est la pleine lune. Mon loup est une partie de qui je suis. Une partie de moi incroyable et honnête.

Tad renifla, amusé.

— Tu n'as jamais été aussi poétique de ta vie. Bon sang, je parle des stupides hormones du loup. N'essaie pas de me dire qu'ils ne dictent pas ta vie. Sûr comme l'enfer qu'ils dictent la mienne. Nous ne pouvons même pas décider qui épouser sans l'approbation de nos loups.

Son partenaire rit alors qu'il s'adossa à la table.

— Putain de merde, tu dois baiser.

— Je le sais, connard.

Shaun secoua la tête.

— Pas seulement pour déclencher tes gènes, intello. Pour te relaxer. Trouve-toi une gentille fille humaine et vas-y. Tu n'es sorti avec personne depuis des mois. Tu dois laisser ton loup jouer.

Il attrapa une photo du mur derrière lui et fit signe à Tad, son sourire s'agrandissant de seconde en seconde.

— Et la fille de tes rêves ? Elle sera bientôt en ville ?

Tad bondit et arracha la photo.

— Laisse Missy en dehors de ça. Elle est spéciale.

— Ce n'est pas un loup. Je refuse de jouer avec elle.

— Tu me dis que tu n'as baisé que des femmes que tu pourrais épouser ?

— Non, mais... merde ! Tu vois, c'est ce que je veux dire. J'aime Missy. Je l'aime beaucoup, et depuis toujours. Si je n'étais pas un loup, je serais intéressé à passer du temps avec elle pour voir si quelque chose se développe entre nous. Mais puisque mon foutu loup décide de ma partenaire, je n'ai pas le choix. Je ne pense pas qu'il soit juste de sortir avec une femme humaine, et je doute qu'elle approuve le fait que je trouve enfin quelqu'un prêt à se donner à moi pour déclencher mon loup.

Shaun fit une grimace.

— Oui. Peu de femmes aimeraient que tu couches avec quelqu'un d'autre pendant que tu sors avec elles.

Tad retourna à ses préparatifs. C'était calme dans le hangar, tous deux travaillèrent en silence, plongés dans leurs pensées.

Le plus triste, c'est qu'il aimait Missy. Cela avait été une surprise totale lorsqu'elle l'avait contacté par e-mail. Au cours des quatre derniers mois, ils avaient échangé sur la vie en général, rattrapant les années durant lesquelles ils avaient été séparés.

Le jour où elle écrivit sur son mari et sa mort, Tad partit pour une longue course, poussant jusqu'à l'épuisement. Il se demanda pourquoi cela l'énervait autant de savoir qu'elle se souciait suffisamment de quelqu'un d'autre pour s'engager à vie avec lui.

Zut, lui et Missy n'avaient jamais été amants. À l'adolescence, ils s'étaient à peine tenu la main au lycée avant qu'elle ne déménage dans le Sud.

Shaun se pencha sur le côté de l'avion près de l'endroit où Tad travaillait, ses yeux noirs se plissant d'inquiétude.

— Je suis désolé que les choses n'aient pas fonctionné plus vite pour toi. Cela en vaudra la peine à la fin, vraiment.

Tad soupira puis tapa sur l'épaule de son partenaire. Le cœur de Shaun était au bon endroit.

— C'est juste que j'ai essayé pendant deux ans de suivre les règles du loup, et cela ne m'a mené nulle part. Autant je veux pouvoir changer, autant je ne sais pas si je pourrai vivre comme ça plus longtemps.

Shaun hocha tristement la tête.

— Je comprends. Mais tu ne seras pas vraiment heureux tant que tu ne seras pas déclenché.

Tad retourna à ses ajustements.

— Oui, eh bien, en attendant, je t'ai pour m'énerver et m'aider à me défouler.

Il regarda fixement son ami.

— Un jour, je veux que ce soit pour toujours. Je crois en l'amour vrai, et trouver mon autre moitié. Je sais que ce sont des conneries romantiques, mais j'y crois.

— Oui, je t'entends, mais jusqu'à ce que tu trouves Mme Parfaite, je pense sincèrement que tu devrais considérer Mme Parfaite Maintenant.

Missy inspira profondément, regardant autour du petit aérodrome avec intérêt pendant qu'elle laissait les papillons se calmer.

Son voyage au cours des derniers mois l'avait conduite dans un cercle, la ramenant à d'anciens terrains de jeu. Elle avait grandi à Whitehorse, et vécu dans le Nord jusqu'à l'âge de seize ans. Elle trouva étrange de trouver ici la solution à l'horreur qui plane au-dessus de sa tête.

Elle fixa les portes de la boutique.

Dix ans.

Dix ans qu'elle n'avait pas vu Tad, l'un des garçons les plus intrigants qu'elle ait jamais rencontrés. Il avait été une classe au-dessus d'elle au lycée, et elle l'avait aimé intensément, même si son père avait insisté pour que le sang-mêlé Tad soit évité et qu'il ne soit pas informé de son héritage de loup.

Missy avait suivi à contrecœur les règles de son père et n'était jamais restée seule avec Tad. Elle n'avait jamais accepté aucune de ses avances physiques hésitantes au-delà des câlins et des embrassades publics pendant les marathons de cinéma. Elle avait participé uniquement aux activités de groupe.

Elle avait toujours senti que quelque chose lui manquait. Elle avait envie de plus.

Missy visita la salle d'attente propre et bien rangée, les coupures de journaux collées au mur. Elle se rapprocha pour examiner les articles sur Maxwell's Silver Hammer, les fournisseurs des services de « vols touristiques personnalisés, chartes de pêche et tout ce que vous voulez pour vous perdre dans la nature, nous vous les procurerons ». Les images accompagnant les articles montraient l'hélicoptère qu'elle avait vu à l'extérieur et un petit avion équipé de skis ou de flotteurs.

Une bande de papier aux couleurs vives attira son attention et elle se pencha pour l'examiner.

Un bruit métallique frappa le sol derrière elle, et elle se retourna pour voir un grand et beau mec nerveux la regarder avec une convoitise évidente dans les yeux.

La confusion assombrit ses pupilles pendant un moment avant que la reconnaissance ne les frappe.

— Missy ?

Son cœur bondit. Le ton de sa voix la rendit très

heureuse d'avoir décidé de régler son problème en le cherchant.

Elle rayonna.

— Bonjour, Tad.

Elle pencha la tête vers les articles.

— Tu m'as dit que les affaires allaient bien, mais tu n'as pas dit à quel point. Des rapports élogieux, de ce que je vois ici.

Missy lui tendit la main, et quand il la serra, elle se blottit sous son bras et le serra étroitement, son corps berçant le sien avec précaution.

Il était facile de voler un reniflement prudent tandis qu'elle le tenait. Son odeur était familière, mais son loup était en sourdine, ce qui était curieux. Elle ne sentait aucune femelle sur lui, et c'était une bonne chose.

Une très bonne chose, compte tenu de ce qu'elle avait en tête.

— C'est vraiment merveilleux de te revoir.

Elle s'accrocha à lui encore une seconde, et se détendit dans ses bras puissants. C'était tellement bien d'être tenue par un autre loup, surtout un loup qui ne menaçait pas de la tuer. Elle n'avait pas osé soulever la question lors de leur correspondance par e-mail, mais elle avait besoin de savoir. Était-il conscient de son héritage de loup ?

Ouvrant son esprit, elle se tendit pour effleurer ses émotions.

Les images sautèrent dans le passé — son visage lors d'un événement au lycée, glissant ensemble sur une colline enneigée, la vue de ses fesses alors qu'elle se penchait quelques instants plus tôt près de la porte — et elle sourit. Seuls des souvenirs emplissaient son esprit.

Tad donna une dernière pression avant de la tenir à bout de bras.

— Tu es incroyable. Je veux dire, j'ai reçu la photo que tu as envoyée, tu es tellement...

Tad la fixa, son regard glissant sur son visage avec étonnement.

Missy soupira. La petite chose n'avait pas aidé.

— Je sais. J'ai toujours l'air d'une adolescente. J'ai vingt-six ans et on me demande ma carte d'identité chaque fois que je commande un verre.

Tad la conduisit jusqu'à la salle d'attente des clients et lui désigna le canapé. Il hésita une seconde avant de se glisser dans le fauteuil en face d'elle.

Missy baissa la tête pour garder son sourire caché. Elle ne put s'empêcher de remarquer son excitation. Son corps et son odeur le trahissaient.

— C'est super de te voir, mais je ne t'attendais pas avant la semaine prochaine.

Il glissa une main dans ses cheveux, laissant les mèches sombres en désordre. Missy voulait y glisser ses propres doigts.

Elle se demanda ce qu'il ferait si elle tendait la main et cédait à la tentation.

Il jeta un coup d'œil à sa montre et s'agita.

— Je ne veux pas être impoli. J'attendais ta visite avec impatience, mais j'ai un client cet après-midi, et je n'ai pas fini de préparer. Ça te dérange si je m'éclipse ? Cela ne devrait prendre que dix minutes.

Missy fronça les sourcils. N'avait-il pas compris ? Elle était sûre de lui avoir expliqué la raison pour laquelle elle était venue dans le nord. En essayant de garder le secret sur d'autres choses, avait-elle oublié ?

— Tad, j'ai un rendez-vous.

Il laissa échapper un grand soupir, soulagé. Il la tira debout et la poussa doucement vers la porte.

— C'est génial ! Pourquoi ne vas-tu pas t'occuper de tes affaires d'abord ? On se voit dans une demi-heure ? Nous pouvons visiter jusqu'à ce que mes clients arrivent.

— Mais...

Elle était sortie, de retour dans une des belles et fraîches journées de février.

— J'attends avec impatience. Désolé, je dois bosser. À plus tard.

Tad ferma la porte derrière elle.

Elle éclata de rire en regagnant son camion. Cela s'était magnifiquement passé.

Elle gloussa, ravie de la légèreté de son humeur. Elle avait eu peu de raisons de rire au cours des derniers mois, et cette situation confuse était de sa faute. Elle s'était habillée pour l'impressionner. Cela avait fonctionné, au vu de sa réaction, mais il était un peu trop distrait.

Elle atteignit la cabine du camion et attrapa ses vêtements de travail.

Il semblait que son excuse pour venir au Yukon serait finalement nécessaire.

2

————

Tad retourna en courant dans la zone de la boutique, se précipitant pour finir de gréer la sangle pour le vol de l'après-midi. Il était difficile de faire coïncider les attaches avec des visions de Missy voltigeant dans son cerveau.

Missy. Il avait été fou amoureux d'elle dès la première minute où il l'avait vue, toute blonde, des yeux bleus et espiègles. Il avait voulu la cueillir et la manger en une bouchée, mais au lycée, il avait été encore plus timide avec les filles qu'il ne l'était maintenant.

Ce qu'il avait dit à Shaun était vrai. Il n'était pas en mesure de s'amuser avec Missy, car il n'y aurait pas d'avenir pour eux. Mais, putain de merde, elle avait mis son moteur en route. Quelque chose en elle le faisait brûler à l'intérieur.

Il avait presque terminé ses tâches lorsque le carillon de la porte retentit à nouveau.

— Je serai avec vous dans une minute ! cria-t-il en direction de la réception.

— Prenez un café si vous voulez.

Il s'empressa de resserrer les dernières sangles.

— Je ne bois pas de café.

Tad se retourna. Le manteau rose pâle duveteux, les leggings moulants et les beaux longs cheveux blonds bouclés avaient tous disparu. À leur place, Missy portait un bonnet en laine informe avec de grandes oreilles et une combinaison ordinaire bleue d'une seule pièce avec un badge stylisé sur sa poitrine indiquant « LRG » en lettres jaunes audacieuses.

— Missy ?

Elle leva une main pour le faire taire, puis se tourna. Au dos de son costume, les mots jaune vif « Lauren Research Group » sautèrent aux yeux de Tad.

Oh, merde.

Elle termina sa rotation et le fixa, le visage impassible.

Tad déglutit difficilement. Il avait vraiment mis le pied dedans, cette fois.

Elle croisa les bras, se pencha en arrière et lui lança un regard noir.

— Bonjour, je suis Mme Leason. Je suis la représentante de LRG que vous avez accepté de voler sur le site d'installation cet après-midi, et j'aimerais avoir votre permission pour emballer les cartons.

— Je suis désolé. J'étais tellement distrait en te voyant plus tôt que je n'ai jamais pensé que tu pouvais être de LRG. Non pas qu'il y ait une raison pour laquelle tu ne pourrais pas en être.

Il ne savait pas trop où regarder parce que, même dans cette satanée combinaison, elle faisait trembler son corps. Il avait besoin de mettre les pieds dans le plat et avoir des couilles.

— Cela signifie que vous vous portez volontaire pour m'aider à faire mes bagages et que vous m'achetez à dîner. D'accord ?

Elle eut un sourire narquois en retirant le bonnet, et une cascade de cheveux lui tomba sur les épaules.

— La vache, tu devrais voir ton visage. J'ai pensé pendant une minute que tu pourrais t'évanouir.

Tad passa sa main dans ses cheveux et referma sa mâchoire.

— Tu... Oui, tu as raison. J'ai failli perdre le nord. Missy, je suis désolé de t'avoir interrompue.

Missy agita la main en l'air.

— C'est bon. Ce n'était pas juste de ma part de te laisser supposer que j'étais simplement passé te voir. Je pensais avoir mentionné travailler pour LRG dans nos e-mails, mais je suppose que non. Pas de souci, seulement j'ai vraiment besoin d'aide pour l'équipement.

Tad lui fit un signe du doigt, remarquant son expression lumineuse.

— Tu as toujours été mauvaise pour taquiner.

Il se détourna pour ouvrir les portes de l'avion à quatre places et fit rouler les marches portatives en place.

— Qu'est-ce que tu transportes de si délicat ?

— Ils ne sont pas délicats, mais mon travail sera plus facile s'ils sont emballés dans l'ordre. Les relais des capteurs météorologiques doivent être réglés en séquence. Je préfére-rais ne pas avoir à passer des heures à les trier pendant que nous sommes à flanc de montagne. Tout est dans la remorque de transport à l'extérieur.

Tad ouvrit les portes du hangar et laissa échapper un long sifflement. Missy conduisait une double cabine avec auvent assorti et une remorque attachée de la marque Toyota.

Il jeta un coup d'œil par la fenêtre de la porte-passager pour admirer l'intérieur. Derrière lui, Missy poussa un gros soupir.

— Les garçons et leurs jouets... Oui, c'est un beau camion. Ça démarre quand je tourne la clé, et la radio et le lecteur CD fonctionnent, donc je suis contente. Oh, et c'est rouge vif. Cela le rend facile à repérer dans le parking.

Ils se sourirent. Merde, il aimait une fille avec un sens de l'humour particulier. Tad lui offrit un air de chien battu.

— Tu veux que je le déplace ?

Faire reculer la remorque attachée de vingt-cinq pieds dans l'espace ouvert du hangar serait une tâche infernale.

— Non, je vais conduire. Dois-je me garer à côté de l'avion ?

Tad ouvrit la bouche pour protester, mais réussit à s'arrêter à temps. Il se targuait d'apprendre vite. Il n'assumerait plus rien face à la déesse dorée devant lui : apparemment, Missy était une femme aux multiples talents.

— Près de l'avion, ça va. Je vais débarrasser les marches.

Il retourna à l'avion, regardant Missy par-dessus son épaule alors qu'elle grimpait dans la cabine. Elle fit un petit saut amusant pour se lever sur le siège, et il se demanda comment elle atteignait l'accélérateur et pouvait encore voir à travers le pare-brise.

Elle sortit le camion et la remorque de son champ de vision dans le parking principal, puis, d'un mouvement fluide, fit marche arrière.

Tad secoua la tête. Il aurait eu besoin d'au moins trois tentatives pour ramener cette plate-forme monstre dans l'espace restreint.

Il avait passé des années à adorer Missy-la-fille au lycée. Missy-la-femme devenait de plus en plus intéressante de minute en minute.

Cette dernière sauta à terre et se frotta vivement les mains, son sourire ravi montrant qu'elle avait noté son admiration.

— Comment veux-tu t'y prendre ? Les boîtes sont toutes alignées et doivent être mises dans l'ordre.

Tad ouvrit les portes latérales de la remorque.

— Tu rampes dans l'avion et les places où tu le souhaites. Je serai ton Sherpa. Une légère odeur lui chatouilla le nez et son cœur s'accéléra. Elle devait porter une vraie tuerie de parfum pour qu'il puisse le sentir.

Il essaya d'ignorer la réponse de son corps parce qu'il avait besoin de rester professionnel. Pragmatique. Ses longs cheveux effleurèrent sa peau quand il l'aida à entrer dans la section de stockage de l'avion, et sa queue se mit au garde-à-vous.

Il se dépêcha d'aller chercher le premier chargement de boîtes, cachant la batte de baseball coincée dans son pantalon.

Ils discutaient facilement pendant qu'ils travaillaient, reprenant leur conversation en cours de la semaine précédente. C'était incroyable d'être avec Missy après toutes ces années et de l'entendre rire, de voir son visage s'illuminer pendant qu'elle parlait. Elle avait si peu changé. Elle ressemblait toujours à la douce fille de seize ans dont il était tombé amoureux, mais une ombre passait sur ses yeux de temps en temps.

Était-ce la perte de son mari qui ternissait sa personnalité pétillante ?

Physiquement, elle lui sciait les jambes. Mentalement et émotionnellement, elle le ligotait. Des souvenirs avaient afflué dans son esprit dès la première seconde où il l'avait reconnue. Des souvenirs et des désirs qu'il avait mis de côté dans sa quête pour devenir un loup.

Il devait faire attention à ne pas laisser son attirance physique lui faire faire quelque chose qu'il regretterait. C'était une femme qu'il refusait de blesser.

— Aimes-tu Whistler ? demanda-t-il, essayant de ramener la conversation sur un terrain neutre.

Son érection se calma au fur et à mesure qu'ils travaillèrent. Le retour du flux sanguin lui permit de se concentrer plus facilement.

— J'ai des amis qui vont skier là-bas chaque année, mais je n'ai pas beaucoup entendu parler de la communauté.

Elle hésita un moment avant de répondre.

— Les montagnes sont magnifiques et j'aime être à nouveau dans une petite ville après avoir vécu à Vancouver. Toutefois, ce n'est pas le Yukon. Il y a quelque chose de spécial dans le nord qui m'a manqué.

Tad voulut la rassurer. Le contact de sa peau nue fut comme saisir un fil sous tension. L'énergie coula entre eux, envoyant de petites décharges le long de son bras.

— Mince. L'électricité statique est folle !

— Réessaye.

Tad hésita puis joignit les mains. Cette fois, l'énergie ne se déclencha pas, mais elle était là, un faible bourdonnement de picotements se répandant en lui.

C'était bon.

Trop bon. Tad s'éloigna avant que des parties de son anatomie qu'il ne voulait pas réveiller n'entendent l'alarme.

— Tout ça, c'est quoi ? demanda-t-il, confus.

Missy secoua la tête.

— Je ne suis pas sûre. Peut-être comme tu l'as dit : l'électricité statique. Certaines personnes sont de meilleurs conducteurs que d'autres.

— Bizarre.

Tad se détourna pour prendre la prochaine série de boîtes.

Tout son corps était chaud, et il avait le désir bizarre de ramener Missy à son appartement et de la prendre jusqu'à ce qu'ils soient tous les deux si rassasiés qu'aucun d'eux ne puisse bouger. D'accord, ce n'était pas une émotion complètement inattendue puisqu'elle était assez agréable à regarder, et il avait toujours craqué pour elle. Pourtant, il n'avait jamais eu de crise hormonale aussi forte. C'était troublant, surtout quand il voulait impressionner Missy, et ne pas passer pour un Néandertal du nord.

Restons calmes. Cool.

— Comment va ta sœur ?

Tad profita de ce changement de sujet.

— Elle est partie cette semaine pour une escapade dans l'arrière-pays. Je devais l'accompagner, mais j'ai dû annuler. Shaun, mon partenaire commercial, insiste sur le fait qu'elle ira très bien, mais je suis toujours inquiet. Je sais qu'elle est forte, mais depuis que je l'ai découvert…

Tad toussa pour dissimuler le fait qu'il avait presque dit à Missy qu'il était un loup. Il devait être fatigué, car il n'avait encore jamais trébuché comme cela.

Tad jeta un coup d'œil à l'endroit où elle était assise dans le compartiment de rangement ouvert de l'avion, ses pieds ballottant dans les airs. Des boucles drapées sur ses épaules, la combinaison laide incapable de cacher les courbes de sa petite silhouette.

Une piqûre de désir le parcourut. Merde, ce n'était en rien la faute de Shaun. C'était son propre corps qui le secouait. Il s'excitait tout seul.

Missy sembla plongée dans ses pensées, et Tad contrôla tant bien que mal ses mains baladeuses. Le besoin de la toucher était si intense que tout son corps lui faisait mal.

Elle lui adressa un de ses sourires timides.

— Je suis sûre que Robyn ira bien. Elle a toujours été extrêmement indépendante.

Il s'empressa de la rassurer.

— Je sais, j'aime juste m'inquiéter. C'est monnaie courante.

Ils se regardèrent.

Missy détourna le regard la première, se mordant la lèvre inférieure. Tad tint sa bouche serrée pour que le gémissement qui voulait s'échapper ne vienne pas. Tout à propos de Missy l'appelait à s'avancer et...

Elle attrapa le devant de sa chemise et tira jusqu'à ce qu'il se trouve entre ses jambes, leurs torses blottis l'un contre l'autre. Des lèvres, douces et chaudes, effleurèrent les siennes, et cette étrange sensation électrique enveloppa son corps en même temps.

Tad attira Missy plus près et lui rendit son baiser, lui mordillant les lèvres, caressant la courbe de sa joue. Il glissa une main dans ses boucles et apprécia pleinement sa bouche.

Elle ouvrit les lèvres et il la goûta pour la première fois. Douce et épicée, enivrante.

Addictive.

Sa langue fit un petit plongeon dans sa bouche, un bref coup contre la sienne, puis se retira alors qu'ils exploraient la nouveauté du baiser. Ce qu'il avait imaginé en tant qu'adolescent n'était rien de comparable à cette expérience.

Son corps réagissait à la douceur de Missy. Tad se battit pour garder ses mains libres autour d'elle au lieu de la piéger contre l'avion comme il le voulait. Il se força à l'embrasser au lieu de se régaler de ses lèvres.

Ils se séparèrent au même moment, les doigts liés, leurs lèvres s'écartaient. Tad regarda Missy dans les yeux et vit son besoin s'y refléter.

Douce pitié, elle le voulait aussi.

Tad se pencha en avant, prête à reprendre ses lèvres lorsqu'elle pressa une main contre sa poitrine.

— Nous devons terminer. Les autres pourraient arriver ici n'importe quand.

Profonde respiration.

Tad hocha la tête. Il déposa un dernier baiser sur sa bouche, un effleurement de lèvres éphémère, la promesse de plus.

Le simple fait de la toucher lui faisait mal. Il n'y avait aucun moyen qu'il puisse nier l'attirance entre eux. Il était temps qu'il se décide, et maintenant, son côté loup était en train de perdre la bataille.

Attendre de trouver pour toujours une compagne loup était un choix, mais peut-être qu'il pourrait y parvenir en empruntant un chemin différent.

SEULE DANS SA chambre d'hôtel cette nuit-là, Missy faisait les cent pas, incapable de rester immobile avec l'énergie qui la traversait. La journée ne s'était pas déroulée comme elle s'y attendait.

Elle sentait toujours la bouche de Tad sur la sienne, la caresse de ses mains sur son corps. Jamais auparavant elle n'avait éprouvé une attirance aussi forte. La connexion avec Tad était indéniable, un peu effrayante et divinement puissante. C'était ce qu'elle voulait.

Était-ce ce dont elle avait besoin ?

Après avoir fui Whistler, elle avait travaillé pendant la journée et fait des recherches tous les soirs jusqu'à ce que près d'un mois plus tard, elle trouve une solution possible à son problème.

Hormones de loup.

Elle sortit l'article qu'elle avait trouvé caché dans les archives de la bibliothèque de référence des métamorphes

— la section secrète cachée dans les profondeurs de la bibliothèque de l'Université de Vancouver, et accessible uniquement après un peu de bavardage sérieux, un peu de piratage, et un coup de coude opportun à une bibliothécaire de loups de son côté Oméga.

Missy s'était sentie coupable à propos de cette dernière partie, mais sa vie était en jeu. Tricher et utiliser ses compétences était un péché avec lequel elle pouvait vivre si cela lui évitait d'être aspirée par les stratagèmes de Doug.

UNE ÉTUDE SUR LES OMÉGAS :

EN RAISON de la nature rare du loup Oméga, les informations des volontaires recueillies auprès des meutes du monde entier ont donné les informations suivantes. Consultez les sections 1 à 12 pour des sujets spécifiques.

... SECTION 7 : 2

Nous savons depuis longtemps que les produits chimiques uniques présents dans la physiologie du loup-garou sont en corrélation avec deux résultats spécifiques.

 # 1) la transformation physique entre les formes est rendue possible.

 # 2) les composés provoquent le lien d'accouplement à vie entre les couples de loups.

Deux autres résultats ont été quantifiés au fil des ans.

#3) Faux compagnon.

Et en ce qui concerne spécifiquement les Omégas :

 # 4) une perturbation des capacités.

Chez les loups de sang pur, déjà déclenchés dès l'enfance, le pic de ces hormones à l'adolescence permet leurs premières transformations en loup. (Effet #1)

Toutefois, en ce qui concerne les loups de sang-mêlé, une étrange dichotomie se produit.

Les femelles développent les mêmes hormones qui se stabilisent ensuite à un niveau de référence entre l'enfant et l'adulte. Jusqu'à ce qu'elles aient des relations sexuelles avec un pur-sang, elles restent à ce point non déclenchées. Une fois qu'elles ont eu des relations sexuelles avec un loup (échange chimique) au cours de la prochaine phase de pleine lune, la plupart découvrent qu'elles sont désormais pleinement capables de changer et de rejoindre la société des métamorphes.

Néanmoins, les loups de sang-mêlé mâles accumulent un excès d'hormones. Lorsqu'ils ont des relations sexuelles avec un loup de sang pur (au besoin d'être déclenché pour pouvoir se transformer), les hormones sont libérées en quantités suffisamment importantes pour potentiellement provoquer un effet secondaire dangereux, # 3) un FAUX lien d'accouplement du côté de la femelle.

Si le sang-mêlé MÂLE est d'une force supérieure à celle de sa partenaire FEMELLE, la femelle subit les mêmes effets que si le mâle était son compagnon. Une connexion émotionnelle, spirituelle et physique incassable.

En termes simples, la femelle tombe complètement amoureuse, désespérément obsédée par rien de plus qu'une réaction chimique en chaîne.

Il est alors facile de comprendre pourquoi de nombreux mâles de sang-mêlé se retrouvent sans déclenchement et indésirables en meute. À moins que le mâle ne soit manifestement plus faible qu'elle, quelle femme risquerait de se faire piéger ? Et combien de femmes sont suffisamment attirées par un loup plus faible pour avoir des relations sexuelles avec eux ?

C'est pourquoi la coutume de PREMIER ACCOUPLEMENT a été développée.

MISSY FIT UNE PAUSE. C'était donc ainsi que son beau-frère avait espéré prendre le contrôle sur elle. Doug pensait que la forcer à se marier avec son frère de sang-mêlé inexpérimenté finirait par la laisser dans un marasme amoureux insensé.

Elle ouvrit la fenêtre pour laisser entrer l'air froid de la nuit dans la pièce fermée et insupportable. Elle posa sa tête contre le rebord de la fenêtre, luttant contre les frissons qui menaçaient de la rattraper alors qu'elle se souvenait de sa nuit de noces. Ce n'était pas le sexe qui l'avait effrayée, mais elle n'avait pas été amoureuse, et sa terreur d'être piégée avait fait de son expérience un enfer.

Missy avait toujours considéré comme un miracle qu'elle soit une louve plus forte qu'on ne s'y attendait.

Elle prit une profonde inspiration et continua à lire.

#4) PERTURBATIONS des capacités chez les Omégas

Bien que toutes les compétences des Omégas individuels n'aient jamais été classées, une ou deux histoires ont été enregistrées à propos d'une femme Oméga ayant des relations sexuelles de Premier Accouplement avec un sang-mêlé, puis s'apercevant que ses capacités Oméga avaient disparu. Que la perte soit un effet de l'overdose d'hormones ou d'un Faux Accouplement n'est pas clair, mais dans les deux circonstances, le titre Oméga a été effacé des dossiers de la meute.

· · ·

MISSY SE REMIT à faire les cent pas dans le petit espace de la chambre d'hôtel. La solution était là depuis toujours. Si elle avait des relations sexuelles avec un loup de sang-mêlé non déclenché qui était plus puissant qu'elle, cela pourrait détruire ses talents, et elle serait libre. Doug n'aurait aucune utilité pour elle sans les capacités Oméga intactes.

Abandonner une partie d'elle-même pour éviter d'être utilisée comme un outil était un sacrifice à envisager. Même si cela signifiait qu'elle aimerait pour toujours quelqu'un qui ne l'aimerait pas.

Mais à qui s'adresser pour proposer un Premier Accouplement ? Seuls trois types de femmes oseraient faire le premier pas. Une femelle vraiment très forte, ou une femelle qui était déjà accouplée — ce qui arrivait rarement, car quel mâle serait prêt à permettre à sa compagne d'avoir des relations sexuelles avec quelqu'un d'autre ?

Ou... quelqu'un comme elle. En tant que veuve, les gens supposeraient qu'elle serait à l'abri de la réaction hormonale.

Si la tentative échouait, elle comptait se transformer en loup et disparaître à jamais de la société humaine. Le Yukon était un refuge logique. Son temps était compté, et si le Premier Accouplement ne fonctionnait pas, devenir sauvage serait sa dernière option.

Tad était dans le nord. Missy s'était toujours souvenue de lui, et son visage fut le premier à lui venir à l'esprit, peut-être pour une bonne raison. Ils s'étaient seulement tenu la main pendant le travail de l'après-midi parce que l'équipage de LRG les avait rejoints.

Était-il possible qu'elle réagisse déjà à un faux accouplement ? Juste avec un baiser ?

Elle était venue vers le nord, avait découvert que Tad était toujours célibataire et pas déclenché. Que de bonnes choses. Maintenant, une seule vraie question subsistait : Tad savait-il qu'il avait des gènes de loup ?

Elle ne pouvait pas le laisser lui faire l'amour et le laisser ensuite affronter un monde pour lequel il n'était pas préparé. Parce qu'il était un sang-mêlé, avoir des relations sexuelles avec elle déclencherait son loup, et à la prochaine pleine lune, il serait capable de changer.

Il avait besoin d'être averti et formé, et elle ne serait pas là après leur rendez-vous. Soit elle reviendrait à Whistler pour prouver que ses compétences avaient disparu, soit elle disparaîtrait dans le désert.

Missy se força à arrêter de rêvasser à Tad. Il y avait encore d'autres objectifs à atteindre.

À l'aide de son ordinateur portable, elle se connecta à la première étape du site Web Meute-de-Loups-Whistler. Maggie était toujours en ligne. Le chat en ligne habituel de sa sœur en soirée était leur configuration préétablie. Cela donnait à Missy des informations auxquelles elle ne pourrait jamais accéder autrement.

Lorsque Maggie se déconnecta à 21 heures, Missy entra le code d'accès de sa sœur avec un faux numéro de FAI et se faufila dans le système pendant que l'horloge restait immobile. Missy prit une grande inspiration et souffla lentement. Les dossiers continueraient à montrer la présence de sa sœur jusqu'à ce que l'arrêt obligatoire du système d'une heure se produise. La meute était obsédée par le suivi de telles choses.

Missy consulta sa montre et se mit au travail.

Accéder aux e-mails quotidiens de Doug et à sa boîte de messagerie privée était un jeu d'enfant avec ses compétences en informatique. Elle fut soulagée de voir que même si son beau-frère continuait à la suivre, il n'avait pas passé d'appel pour la faire revenir avant que son temps ne soit écoulé, et il n'y avait aucun plan en place pour harceler sa sœur.

Missy fouilla pour recueillir plus d'informations sur les activités illégales de la meute à utiliser comme munitions pour défier Doug. Peut-être qu'elle pourrait divulguer l'information aux autorités et le faire arrêter par le système humain si le conseil des loups n'était pas en mesure de l'aider. Elle fit un peu plus de recherches d'archives sur les caractéristiques des loups Oméga, et une heure plus tard, Missy se déconnecta. Elle était toujours en sécurité.

Pour l'instant.

3

Tad remplit quelques autres papiers officiels de vol. Il sortit une bière du réfrigérateur et alluma la télé à fond tandis qu'il s'assit et feuilleta quelques magazines sur la table.

Il passait le temps jusqu'à ce qu'il puisse aller chercher Missy pour la soirée et il le savait. Elle a dit qu'elle serait prête à huit heures, et il s'affolait et s'inquiétait comme s'il était de retour au lycée. Trois jours qu'il attendait depuis samedi, trois nuits avec son esprit produisant le plus érotique des rêves pour le hanter.

Il avait une érection permanente et chaque petit aperçu de Missy sur le chantier augmentait simplement son besoin.

Un rendez-vous avec Missy, un vrai rendez-vous adulte. C'était suffisant pour que, au moins temporairement, ses inquiétudes quant au déclenchement s'effacent.

Le téléphone sonna et son cœur bondit. Il se rendit compte que ce n'était pas son téléphone fixe ou son téléphone portable.

Merde. Il ne pouvait pas croire qu'il avait oublié sa sœur. C'était mardi, et Robyn était censée s'enregistrer ce soir.

Heureusement qu'il était toujours à la maison, ou elle serait devenue folle.

Il ouvrit le téléphone satellite pour vérifier s'il y avait un SMS. Une voix s'éleva du haut-parleur à la place.

Bizarre. Robyn ne parlait jamais à haute voix. Elle était sourde. Elle signait, ou elle écrivait des notes, ou elle piétinait et jetait des choses.

— Bonjour ? dit Tad avec hésitation.

— Salut, Tad, ici Keil Lynus. Comment vas-tu, mon gars ?

— Hé. Je vais bien.

Il baissa les yeux sur le téléphone pour essayer de comprendre ce qu'il y avait d'étrange dans cet appel. Keil était un client régulier, un guide de la nature sauvage et un gars formidable qui se trouvait être un loup. Il était aussi celui qui avait expliqué les loups-garous en premier lieu lorsque son petit frère avait foiré et s'était accidentellement transformé devant Tad.

— Quoi de neuf ? Des problèmes avec TJ ? Besoin d'aide pour le sauver ?

— Non, TJ n'a pas besoin d'être secouru, nous l'avons déjà déterré.

— Pas question, je plaisantais. Ton frère est un tel idiot.

Quelque chose se tramait. Keil ne l'avait jamais appelé, il envoyait ses demandes de vol par e-mail. Tad coupa le son de la télé et essaya de se concentrer.

— Je sais, c'est une vraie plaie.

Il y eut une pause pendant une seconde avant que Keil ne continue :

— J'ai besoin de quelque chose.

Alors, il saisit. Personne ne devrait utiliser ce numéro à part Robyn. L'estomac de Tad se serra d'anxiété. Bon sang, il s'était passé quelque chose.

— Keil ? Pourquoi m'appelles-tu sur le téléphone satellite de ma sœur ? Est-ce que tout va bien ? Elle est là avec toi, ou quoi ?

— Elle va bien. En fait, Robyn et moi sommes compagnons, et j'étais...

Son estomac se détendit, mais tout le sang de son corps lui monta à la tête, ce qui fit tourner la pièce. *Oh, mon Dieu.*

— Sans déconner ! C'est fantastique. Je n'ai jamais rêvé que tu serais le bon pour elle.

Il y avait des bruissements en arrière-plan, et quelques applaudissements et claquements.

— Est-ce qu'elle est d'accord avec ça ? Comment l'a-t-elle découvert ?

— Attends, Tad, elle devient un peu crispée en ce moment. Je pense qu'elle a peur que tu aies une crise ou quelque chose comme ça là-bas. Tu veux lui parler ?

— Bien sûr ! Donne-moi juste une seconde...

Vous parlez de nouvelles étonnantes ! C'était mieux que tout ce qu'il avait imaginé. Sa sœur avait trouvé son compagnon. Trop cool. Il tapa un message sur le clavier.

Tad : *Félicitations sœurette, Keil est génial. Je suis tellement content pour toi !*

Robyn : *Tu connais Keil ? Tu sais ce qu'il est ?*

Ah oui, il savait.

Tad : *Oui. Loup. Tu travailles vite, sœurette.*

Le message suivant mit quelques secondes à arriver, mais il devina déjà ce qu'elle allait dire. C'était sa menace préférée.

Robyn : *Tu es mort la prochaine fois que je te vois.*

Tad : *t m ossi*

Robyn : Idiot

Eh bien, cela semblait être une conversation intelligente pour Robyn si elle avait utilisé des insultes d'un seul mot. Le son faible d'une voix parvint aux oreilles de Tad, et il ramena le récepteur à son oreille pour répondre.

— Keil ? Vous deux en tant que compagnons ? C'est génial. Je veux dire vraiment.

Tad était légèrement choqué. Robyn avait été déposée il y a seulement quatre jours, et ils étaient déjà compagnons ? Bon sang, cela voulait dire qu'elle n'avait manifestement pas ses problèmes avec...

Il secoua la tête. Il n'y avait aucune chance qu'il pense même que sa sœur avait des relations sexuelles.

— Eh bien, merci. C'était une surprise, mais elle est incroyable, Tad. Hé, il y a une petite chose qui se profile ce week-end si tu souhaites nous rejoindre. La première pleine lune de Robyn aura lieu samedi.

Tad se figea. Il avait oublié cette douceur. Maintenant que Robyn s'était accouplée, elle pourrait se transformer en loup. Le premier changement a toujours lieu en conjonction avec la pleine lune pour aider le débutant. Bon sang, c'était une nouvelle excitante.

La réalité le frappa comme une chape de plomb.

— J'aimerais être là, mais je ne peux pas me transformer. Vous savez que je n'ai pas... eh bien, je ne veux contrarier personne si ce n'est pas casher pour moi d'y assister.

— Bien sûr que tu peux venir ! Tu es de la famille, même si tu n'es pas encore déclenché.

— Ce n'est pas comme si je ne voulais pas que cela se produise. Je n'y arrive pas, tu sais.

Son visage devint brûlant, même en parlant au téléphone avec Keil. Les loups de sang pur ne semblaient jamais comprendre son hésitation à embrasser la tradition Premier Accouplement. Le sexe était génial... à moins que ce ne soit parce qu'il devait l'avoir. Il aimait ses partenaires disposées et intéressées par lui.

Il soupira. S'il n'était pas une pute, comme Shaun, ce ne serait pas si difficile.

— Je sais, Tad. Ça arrivera un jour, mec. Je te laisse. Robyn me fait payer cet appel.

Oui, en effet. Comme si c'était un problème.

— Hum, ne m'as-tu pas dit que tu avais un fonds en fiducie ainsi que l'entreprise de guidage ?

La voix grave de Keil résonna sur la ligne.

— Bien sûr que je peux me le permettre, mais pourquoi voudrais-je passer plus de temps à te parler quand je peux être avec ma compagne ?

Tad ricana. Cela ressemblait plus à Keil.

— J'ai compris. Voyage de noces. Profitez-en, et je vous verrai à Haines samedi. Embrasse Robyn de ma part. Oh, et bienvenue dans la famille.

Missy ouvrit la porte de sa chambre d'hôtel et rougit de voir Tad lui tendre une seule rose jaune.

— Tad, comme c'est gentil. Merci.

Missy prit la fleur. Elle hésita entre rentrer dans la pièce pour la mettre dans l'eau, ou partir avec. Si elle entrait dans la pièce, elle pourrait tirer Tad jusqu'au lit et ne jamais le laisser partir.

Elle ne pensait pas qu'il était encore tout à fait prêt pour ça. Ce n'est pas parce qu'elle savait qu'il était un loup qu'il savait qu'il l'était.

Maudites hormones.

— Je vais amener le camion devant. Il neige un peu, déclara Tad, avant de lui faire un clin d'œil puis de se détourner.

Missy s'occupa de la rose et se dirigea vers le parking.

Tad conduisait un quatre roues motrices qui était un peu plus vieux et plus abîmé que le sien, mais tout aussi haut pour y grimper.

Elle gloussa quand Tad vint l'aider.

— Je jure qu'ils devraient installer des ascenseurs sur ces choses.

Les mains de Tad caressèrent sa jambe alors qu'il la soulevait.

— C'est une mauvaise idée. Ça me manquerait d'aider la demoiselle en détresse.

Missy retint son souffle pendant que Tad trottait autour du véhicule et prenait le volant. Avait-il la moindre idée de ce qu'il avait fait à son corps ? Une idée de la façon dont elle réagissait à chaque regard, à chaque contact ?

Elle lui jeta un coup d'œil rapide. Il semblait ignorer que son odeur à elle seule la rendait folle. Elle devait faire attention à ne pas faire quelque chose de stupide comme l'embrasser à nouveau, ou laisser entendre qu'elle était autre chose qu'une bonne amie d'il y a longtemps.

Qui bavait à l'idée de le voir nu. Il y avait certainement une sorte de lien entre eux. Fort. Magnétique.

Tad se concentra sur la route enneigée.

— Si c'est trop grave, nous pouvons annuler ce soir, proposa Missy.

— Tu n'as pas conduit au Yukon depuis un moment, n'est-ce pas ? demanda Tad, un léger sourire sur le visage.

— C'est un temps magnifique pour la conduite. Tous les touristes resteront à la maison, et nous n'avons qu'à surveiller Old Man Henry au cas où il déciderait d'aller errer après les heures de fermeture du Klondike Kate avec son manteau en peau d'ours. Ne t'inquiète pas, nous y serons bientôt.

Missy se retourna pour regarder son profil alors qu'ils

descendaient l'autoroute jusqu'au pub que Tad avait insisté pour lui montrer.

Il y avait quelque chose de différent chez Tad. À part ça, c'était un loup non déclenché. Missy n'avait jamais réagi à un homme comme cela auparavant. Il sentait différemment aussi.

Ce n'était pas seulement la différence qui lui mettait l'eau à la bouche, et elle n'était pas censée continuer sur cette route en particulier. Non, il sentait un peu... pas du tout le loup. Comme s'il le cachait.

C'était impossible, car seuls les Omégas avaient cette capacité et seuls les loups déclenchés étaient des Omégas.

Elle essaya à nouveau d'accéder à ses pensées. Il avait une barrière en place qu'elle ne pouvait pas franchir, ne laissant que les émotions de surface lisibles — Tad et Missy s'embrassant passionnément, des corps nus serrés l'un contre l'autre, des ébats amoureux intenses qui les laissaient tous les deux couverts de sueur — Missy rompit la connexion et refoula un gémissement de désir. Ce qu'il voulait, elle le voulait.

Au moment où ils arrivèrent sur le parking, Missy était à moitié folle à force de s'empêcher de sauter sur Tad. Elle ouvrit sa portière et sauta dans la poudre dès que le camion s'arrêta.

De longues et profondes inspirations d'air glacial l'aidèrent jusqu'à ce que Tad contourne la cabine avec une expression soucieuse sur le visage.

— Tu vas bien, Missy ?

Oh, s'il te plaît, n'aie pas l'air inquiet. L'inquiétude était à un pas de l'affection, et ce soir son corps pouvait passer de l'affection au sexe sans aucun problème.

— Je vais bien. J'avais juste besoin d'air frais. On y va ?

Missy se força à paraître joyeuse. Elle espérait que l'endroit serait bruyant, sombre et rempli de fumée pour engourdir suffisamment ses sens pour calmer son excitation.

Elle se demanda s'il apprécierait l'effort qu'elle faisait. Elle avait bien l'intention de faire l'amour avec lui, mais jusqu'à ce qu'elle puisse visiter la meute de loups la plus proche et s'arranger pour que quelqu'un parle de son héritage à Tad, elle ne pouvait pas agir.

Tad lui tint la porte, et alors qu'elle passait devant ses bras, elle sut qu'elle était fichue. Il y avait de la musique douce et jazzy. La seule fumée provenait des côtes grillées au barbecue. L'éclairage était parfait ; elle vit les yeux de Tad s'agrandir alors qu'il l'aidait à retirer son manteau.

— Merde. Oups, désolé, mais la vache, tu as l'air super. Je ne pense pas avoir jamais...

Tad déglutit difficilement, son regard remontant le long de ses jambes jusqu'à l'endroit où sa jupe se terminait au-dessus de ses genoux.

Bien. Il n'aurait pas répondu aux *Exigences de l'uniforme scolaire catholique pour filles*, mais Missy était petite et elle avait besoin d'aide pour allonger ses jambes. Au moins, c'était son excuse, et elle s'en tenait à cela.

Si elle y avait réfléchi davantage, elle aurait su que ce soir allait être un paquet de dynamite attendant d'exploser. Ensuite, elle aurait porté son sweat à capuche en molleton une pièce ample qui pendait au-dessus de ses genoux et un survêtement négligé.

Menteuse.

Elle ne l'aurait pas fait. Elle voulait que Tad bave pour elle.

Elle jeta un rapide coup d'œil autour d'elle. Ils seraient plus en sécurité assis sur les hauts tabourets devant le bar même.

Au lieu de cela, Tad lui tint le coude et la mena vers une petite cabine non loin d'un côté du bar. Il était trop tard pour protester, alors elle se glissa sur le revêtement en cuir souple derrière la petite table, ses genoux frôlant ceux de Tad.

— Qu'est-ce que tu bois ce soir ?

L'un des serveurs attendait à côté de leur table. Tad glissa son bras derrière Missy, le posant le long du dossier du coussin du siège, caressant ses épaules.

Elle allait mourir. Elle allait *vraiment* mourir.

— Ont-ils... ?

— Chérie, je vais avoir besoin de voir une preuve que tu as l'âge légal, interrompit la serveuse.

Tad gloussa tandis que Missy fouillait dans son sac à main, marmonnant dans sa barbe. Elle remit sa pièce d'identité avec photo, et mit un coup de coude dans les côtes de Tad pour l'obliger à s'arrêter. Ce n'était vraiment plus drôle.

La serveuse la lui rendit avec un clin d'œil.

— Notre barman peut te préparer n'importe quelle boisson sans la rechercher. Tu nommes une boisson qu'il ne peut pas produire, et c'est pour la maison.

Missy jeta un coup d'œil au plafond. Elle ne devrait pas faire ça.

— Qu'est-ce que tu fais ? taquina Tad en lui serrant l'épaule.

Un désir électrique la traversa et sa bouche s'assécha. Au diable. Un défi était un défi, et elle aurait besoin d'une boisson forte. Elle sourit à la serveuse.

— Je voudrais un Skip and Go Naked s'il vous plaît.

Tad s'étouffa.

La serveuse lui fit un clin d'œil.

— Pas de problème, ma chérie. Tad, qu'est-ce que ce sera pour toi ce soir ?

— Rhum Coca, s'il te plaît.

La serveuse s'en alla et Missy la regarda alors qu'elle retournait au bar. Elle passa leurs commandes et la tête du barman tourna dans leur direction. Il leva une main et montra Missy en secouant son doigt.

— Qu'est-ce qu'un Skip and Go Naked, à part quelque chose qui fait doubler les battements de mon cœur ?

Tad glissa ses doigts sur les siens, et l'esprit de Missy dériva.

Elle était censée se concentrer sur... quelque chose. Les beaux yeux bruns de Tad la fixaient comme si elle était le meilleur dessert d'un bar à desserts à volonté. Le temps ralentit alors qu'elle tombait dans les profondeurs de son regard. Elle se pencha plus près, sa bouche à quelques centi-mètres. S'il s'inclinait un peu plus dans sa direction, elle pourrait...

— Tu as essayé de me piéger avec celui-là.

Le barman se tenait devant eux, un mélange rose pâle à la main. Missy se força à sourire au lieu de montrer les dents à l'homme.

Ses hormones devenaient un problème sérieux ce soir.

— Tu pensais que si tu manquais le « Hop », je ne le saurais pas. Hmmm ? Eh bien, tu en as un Skip and Go Naked. J'ai omis la grenadine parce que j'ai pensé que ça devait être le hop.

Missy se força à rire en acceptant le verre.

— En fait, je n'ai jamais entendu parler de la partie Hop. Je suis contente que tu aies su en faire un. Ça fait longtemps. Merci.

Il lui baisa la main puis se pavana jusqu'à son bar, tel le roi de tout ce qu'il surveillait.

Missy but une courte gorgée de la boisson sucrée avant de jeter un coup d'œil à Tad. Ses yeux étaient sombres, son visage intense alors qu'il fixait le barman.

— Tad ? Tu vas bien ?

Tad était hébété.

— Désolé pour ça. Je n'aime pas la façon dont cet homme lorgne et touche tout le monde.

Il but la moitié de son verre et se leva.

— Allez, on danse.

Il la prit dans ses bras et Missy suffoqua presque. Chaque partie de lui était chaude et lisse autour d'elle, solide et forte aux bons endroits. La chaleur rayonnait entre ses cuisses et Missy se concentra pour respirer à un rythme lent et régulier.

Hyperventilation sur la piste de danse.

Missy posa sa tête contre la poitrine de Tad et écouta son rythme cardiaque. Elle était assez petite pour que même avec ses talons hauts, son menton repose sur sa tête, ses bras s'abaissant pour la soutenir. Elle enroula ses mains autour de lui, passa ses doigts dans les cheveux sur sa nuque.

Tad fredonnait de plaisir.

Alors qu'ils se balançaient ensemble sur la musique blues, Missy se demanda si ce qu'elle ressentait était possible. Un mâle non déclenché et un loup Oméga en fuite — il y avait là une étrange combinaison. Elle ferma les yeux et relâcha les rênes. Tad laissa tomber ses mains et les fit courir sur son dos, le long de ses hanches, la serrant plus fort contre son corps, une crête dure comme de la pierre pressant son ventre. L'odeur de son excitation flottait dans l'air, et elle réprima un gémissement. Elle voulait tellement y goûter.

C'était trop pour continuer à résister. Chaque nerf de son corps criait pour lui, et elle perdit le contrôle. Elle prit le plaisir qu'elle pouvait atteindre. Missy entremêla leurs doigts, attira sa bouche et l'embrassa. Pas d'introduction douce, pas de finesse suave ou de séduction. Un désir simple et dur la guidait, son goût n'avait même pas atténué son besoin.

Elle glissa une jambe de chaque côté de la sienne, pressa son sexe brûlant contre sa cuisse avec la pensée qu'un certain soulagement vaudrait mieux que rien. Tad sembla lire dans ses pensées. Il se régalait de sa bouche comme un homme affamé pendant qu'il les faisait danser dans l'ombre au bord de la piste, loin de tout spectateur curieux.

Tad retira ses lèvres des siennes, ses yeux noirs brillaient de désir.

— Tu joues avec une traînée de poudre. C'est ce que tu veux ? En public ? Parce que nous pouvons retourner à ton hôtel.

Missy fit un petit bond, forçant Tad à la rattraper. Il était hors de question de retourner dans sa chambre. Elle ne pouvait pas — elle n'oserait pas — coucher avec Tad sans qu'il sache quel était son héritage. Ce n'était pas elle qui le lui avait dit.

Pour ce soir, elle allait saisir la seule chose qu'elle pouvait et au diable les conséquences.

Elle laissa sa tête retomber en arrière, ses mains accrochées à son cou alors qu'il soutenait ses hanches. D'une manière ou d'une autre, il les éloigna de la piste de danse dans un petit coin sombre.

— Plus. Plus fort, murmura Missy.

Toutes ses terminaisons nerveuses se réveillèrent à un endroit à la jonction de ses cuisses où il frotta et poussa jusqu'à ce que la sensation de plaisir commence à culminer et qu'un son faible s'échappe de ses lèvres. Tad couvrit sa bouche de ses baisers affamés alors qu'il la bousculait un peu plus, la pressant contre le mur derrière eux, chaque coup caressant son clitoris comme s'ils étaient peau contre peau.

Le bord s'approcha et elle serra fort avec ses jambes, ajoutant le peu de pression dont elle avait besoin. Elle mordilla la lèvre de Tad, ce qui fit couler du sang qu'elle suça avec un cri de plaisir. Elle fondit de la tête aux pieds et le laissa l'attraper, son corps incontrôlable alors que son orgasme la traversait. Tad poussa encore une ou deux fois, pressant aussi profondément que le tissu entre eux le permettait avant de siffler et de se raidir en jouissant.

Ils se tenaient enroulés l'un dans l'autre, soutenus par le mur et un étrange petit rebord sous ses hanches. Son parfum s'éleva autour d'eux, épais et doux dans l'air, et Missy en eut l'eau à la bouche. Ce qu'ils avaient fait était dangereux, mais c'était la chose la plus sûre dans ces circonstances. Elle ouvrit les yeux pour voir sa poitrine se soulever alors qu'il faisait entrer de l'air dans ses poumons.

Le bouclier d'intimité à côté d'eux était tout ce qui les séparait du couloir d'entrée et de la file de personnes attendant d'entrer dans le bar. Missy essaya d'étouffer son rire en se trémoussant dans ses bras. Tad ouvrit les yeux, vit où ils étaient et les fit pivoter vers la droite pour qu'ils soient tous les deux complètement cachés.

Il la posa avec douceur sur l'étagère du téléphone, puis ajusta sa robe et lissa ses cheveux. Il avait un si doux sourire qu'elle ne put s'empêcher de passer sa main sur sa joue, et de caresser sa mâchoire. Tad tourna son visage dans sa paume et l'embrassa. Il lui fit un clin d'œil.

— Merci, AT&T.

4

———

Tad essaya d'avoir l'air décontracté et détendu en s'asseyant et attendit que sa sœur apparaisse. Être entouré de grands groupes de loups-garous ne le faisait plus paniquer, mais maintenant il était au milieu de l'élite de la meute de Granite Lake. À côté de lui, Keil jouait avec le médaillon qui était le symbole de sa nouvelle position alors qu'ils attendaient Robyn.

Depuis mardi soir et son rendez-vous avec Missy, c'était comme si Tad travaillait vingt heures par jour. Le reste des chercheurs arriva et établit le camp. Tad achemina des passagers et des fournitures aussi rapidement que possible, mais chaque jour s'écoula trop vite pour espérer plus qu'un bonjour public amical avec Missy lorsqu'il la croisait au camp où elle dormait.

Les quelques heures restantes, il les passa à alterner entre dormir et prendre des douches froides.

Il allait se forcer à se détendre ce soir, essayer d'oublier ses grands yeux bleus, sa peau douce et leurs baisers passionnés, et célébrer le mariage de sa sœur... l'accouplement des loups... peu importe comment on l'appelait.

Tad fit tourner le glaçon dans sa boisson en vérifiant les visages des hommes assis autour de lui. Il n'y avait aucun signe visible assurant qu'ils pouvaient se transformer en loups, rien qui les distingue du reste de la société.

À part, comme Robyn le disait, qu'ils étaient tous magnifiques.

Il était ami avec ces hommes depuis des années, mais les enjeux de la soirée étaient bien plus importants que de piloter une fête touristique ou un groupe d'aventure dans l'arrière-pays pour l'entreprise de guidage de Keil. Ce soir, c'était sur invitation uniquement qu'ils célébraient le premier changement de Robyn envers son loup et l'acceptation de Keil et Robyn en tant que nouveaux Alphas de la meute Granite. Non seulement Keil s'était marié avec Robyn, mais les deux avaient mis fin à une attaque contre leur vie et avaient pris la tête du peloton.

Il n'allait plus jamais laisser sa sœur aller n'importe où seule. Eh bien, Keil aurait probablement quelque chose à dire à ce sujet aussi, mais qu'à cela ne tienne. Elle était un danger pour elle-même.

— Elle les a vraiment fait changer ? demanda Tad.

— Oh, elle les a fait aussi se tenir debout et se présenter. Fesses nues dans le froid. Ensuite, ils ont dû s'excuser auprès de nous deux pour avoir « perturbé la sérénité de notre lune de miel ». J'ai pensé que Jack allait se péter une veine lorsqu'elle a suggéré qu'il pourrait envisager d'acheter certains des allongeurs de pénis dont ils font la publicité en ligne.

Tad s'étouffa avec son verre.

— Ma sœur ?

Keil échangea des regards entendus avec son jeune frère TJ.

— Oh, oui. Elle est incroyable. Ne l'énerve pas plus que

d'habitude. Maintenant qu'elle est loup, elle est encore moins facile.

Tad se rassit et déglutit difficilement. Keil lui sourit.

— Attends qu'elle commence à te commander.

Tout à coup, la concentration aiguë de Keil sur Tad s'estompa, son attention se portant sur la porte derrière laquelle Robyn avait disparu. De légers bruits de bagarre provenaient de l'autre côté, et Tad réalisa que Robyn et Keil se parlaient grâce à leur connexion de compagnons.

Une autre chose incroyable que les loups-garous pouvaient faire. L'une des plus formidables pour Tad, car Robyn était sourde depuis l'âge de quatre ans. Elle avait non seulement trouvé son partenaire, mais elle pouvait à nouveau entendre d'une manière spéciale. Tad utilisait toujours la langue des signes avec elle et elle pouvait lire sur les lèvres des gens, mais entendre à nouveau quelqu'un parler...

Cela devait être incroyable.

La porte s'ouvrit et Robyn entra, une robe bleu pâle drapée sur ses épaules. Ses cheveux noirs se détachaient et ses yeux étaient plus grands et plus brillants que dans les souvenirs de Tad.

Sa bouche s'ouvrit. Il n'avait jamais vu Robyn aussi magnifique. Elle était sa petite sœur, pour l'amour du ciel, et il ne l'avait jamais considérée comme une fille jusqu'alors. Il se rendit compte qu'elle n'était pas seulement une fille, mais une femme, et la partenaire du loup le plus haut gradé de cette meute.

Et elle était follement amoureuse. Elle et Keil l'étaient tous les deux. En fait, c'était sacrément inconfortable d'être dans la même pièce à les regarder tous les deux. Ils semblaient avoir oublié que d'autres étaient présents.

— Oh, beurk.

TJ se leva de sa chaise et traversa la pièce en faisant semblant de glisser son doigt dans sa gorge. Il se glissa devant Robyn et l'embrassa sur la joue avant de reculer pour s'assurer qu'elle pouvait lire sur ses lèvres.

— Bien que je sois content que tu sois ma belle-sœur et mon Alpha, peux-tu garder le sexe pour quand tu seras devant la meute ?

Tad s'étouffa à nouveau. *Putain de merde.*

La couleur s'évanouit du visage de Robyn. Elle se retourna pour jeter un regard noir à Keil. Le futur beau-frère de Tad déglutit et haussa les épaules.

Pendant ce temps, TJ se pencha et tapota gentiment l'épaule de Tad.

— Ne t'inquiète pas, tu peux arrêter de paniquer. Ce seront des loups. C'est juste une de ces choses, chuchota-t-il.

Tad secoua la tête avec incrédulité.

— Oui, eh bien, excusez-moi si je ne regarde pas.

Il frissonna. *Maudits loups et leur ouverture d'esprit sur le sexe.*

Robyn rougit quand Keil lui offrit son bras, s'arrêtant une seconde avant de secouer la tête. Elle posa une main sur son coude, et d'un air majestueux, ils passèrent la porte en direction de la salle principale et la cérémonie.

Tad aimait voir le lien entre eux, voir à quel point ils se souciaient l'un de l'autre. Si seulement il pouvait aussi trouver quelqu'un pour le compléter.

Missy lui mettait la tête à l'envers avec son appétit sexuel et il aimait être avec elle. Pouvait-il vraiment renoncer à la possibilité de se transformer en loup ? Il regarda Robyn et Keil s'éloigner, se câliner étroitement et intimement, et son cœur et son esprit se battirent pour prendre une décision.

~

TAD S'APPUYA contre le mur dans l'ombre, observant les loups et les humains à divers stades de déshabillage errer dans le hall une fois la cérémonie terminée. Voir Robyn prendre la forme d'un loup pour la première fois l'avait fait pleurer. Il réussit à s'essuyer les yeux avant que quiconque ne le remarque. Certains membres de la meute retirèrent leurs vêtements et se dirigèrent dehors avec Robyn et Keil pour courir. D'autres semblèrent se contenter de visiter les tables sur le côté de la salle.

Puis cela commença.

— Eh bien, qu'est-ce que nous avons ici ? Un sang-mêlé tapi dans le coin ? Quelqu'un sort les poubelles pour moi.

Tad jeta un coup d'œil à une femme plus âgée, la peau brune tannée par le soleil.

— Hé, j'étais...

Un vieux singe s'approcha de Tad et l'attrapa par le bras. Il le renifla brièvement puis s'étouffa.

— Beurk. Non déclenché aussi. Dégage, petit chiot. Cet événement est pour les grands garçons et les grandes filles. Sur invitation seulement.

Il commença à entraîner Tad vers les portes de sortie.

— Attendez, je suis invité...

— C'est ça. Et je suis la reine de Saba !

La femme rejeta en arrière ses cheveux décolorés.

— Ce sont des racailles comme toi qui me font m'inquiéter pour les lignées. Malheureux.

Tad s'éclipsa. Il recula rapidement, jetant un coup d'œil dans la pièce pour essayer de trouver un visage amical. Une main agrippa son épaule.

Il agit par instinct et porta un coup solide sur la mâchoire de... TJ.

Mince. Ce n'était pas sur la liste des choses à faire.

TJ vola en arrière pour s'effondrer aux pieds d'une foule en colère.

— Tu vois, c'est exactement ce que j'ai dit depuis le début. Nous n'avons plus de respect de la part des sang-mêlé.

Un homme maigre releva TJ.

— J'espère que tu vas bien, TJ. Comme c'est vraiment grossier de la part de ce clochard de te frapper. Ne t'inquiète pas, nous allons le chasser.

TJ repoussa les mains de l'homme et s'approcha de Tad. Secouant son doigt devant le visage de Tad, TJ lui lança un regard furieux.

— Sais-tu ce que tu as fait ? Idiot ! Tu m'as coûté vingt dollars.

Il donna une tape sur les deux épaules de Tad et son air renfrogné se transforma en un sourire.

— Tu as réussi à faire en sorte que les faux-culs se montrent même moins de quinze minutes après que Keil ait quitté la pièce. Beau travail, mon pote.

TJ se retourna et fixa la foule qui se rassemblait.

— Je soupçonnais que certains d'entre vous étaient des connards, maintenant j'en suis sûr. L'un d'entre vous a-t-il pensé à demander à mon ami qui il était ? Vous savez, un visiteur en ville pour une occasion spéciale, accueillons-le, ce genre de chose ?

La reine de Saba se plaça devant le groupe et parut déterminée à continuer à faire bouger les choses.

— Pourquoi devrions-nous faire des manières ? C'est un sang-mêlé. Non déclenché. À son âge, cela signifie qu'il est sans meute.

— Qu'est-ce qui ne va pas, TJ ?

Le Bêta de la meute, Erik, se glissa à côté d'eux avec sa carrure imposante.

TJ fixa la vingtaine de loups rassemblés devant lui.

— Rien de grave. Tad et moi étions en train de revoir Manières 101 avec ces crétins. Allons manger quelque chose en attendant le retour de Keil et Robyn.

Il les dirigea vers la nourriture, parlant par-dessus son épaule.

— Je sais que Robyn sera heureuse de voir son frère après son retour.

Un silence stupéfait accueillit ses paroles.

— OH ALLEZ, Tad, tu savais que les loups étaient aussi mauvais que les humains dans certaines régions ! Pire chez les autres.

Erik repoussa un autre loup qui tenta de les rejoindre.

— Classe signifie seulement un peu moins que respirer pour certains de ces imbéciles, et maintenant qu'ils savent que tu es lié à l'Alpha...

— ... ils veulent tous être mon ami. Je comprends. Je n'aime pas ça. Ils ne voulaient même pas de moi dans le bâtiment avant. Est-ce une chose de l'Alaska ? La meute de Whitehorse n'a eu aucun problème à m'accepter comme un sang-mêlé. Non déclenché. Zut, je ne sais pas si c'est une bonne idée pour moi de changer et de rallier votre meute, bien que Robyn soit maintenant Alpha. Même si c'est la meute la plus proche de ma base de travail.

Il repoussa son assiette.

Ce qui commença comme une journée extraordinaire devint sombre et froid.

— Ils te lèchent les pieds, hein ?

Erik récupéra l'assiette de Tad et en retira un pilon de poulet intact.

— J'ai été accosté lorsque j'ai touché la poubelle. La reine de Saba, qui doit avoir près de quatre-vingt-cinq ans, m'a offert Premier Accouplement.

Tad frissonna.

— Je sais que j'attends depuis longtemps, mais l'enfer va geler avant que je l'accepte.

Erik grimaça.

— Je suis sûr qu'il y a quelqu'un d'autre qui est prêt.

Tad secoua la tête.

— Tu ne vois pas, à quoi ça sert ? Je ne veux pas coucher avec quelqu'un qui le veut parce que Robyn est Alpha. Je veux quelqu'un qui me veut pour, eh bien, moi. Est-ce trop demander ?

— Le problème, c'est que personne ne peut sentir à quel point tu es fort. Les filles ne veulent pas être piégées par un faux accouplement, souligna Erik. Et depuis que tu as refusé les rares offres que tu as reçues de femelles accouplées, tu n'as pas de chance.

— Je ne comprends toujours pas pourquoi tu n'as pas accepté Premier Accouplement, se plaignit TJ. Si elle propose, son compagnon doit être cool avec ça. Pourquoi ne l'es-tu pas ? Je veux dire, je sais que Keil ne le permettrait jamais, mais *si* Robyn le proposait, *s'il* était d'accord et *si* j'avais encore Premier Accouplement à terminer, ce qui n'est pas le cas, mais admettons, je n'aurais aucun problème à accepter un peu d'amour de la part de Miss Sweetcakes. Oooh… ! hurla TJ alors qu'une prise ferme sur son oreille la tordait pour faire face à Keil et Robyn, entièrement vêtus.

TJ fit une grimace.

Robyn leva les bras et fit signe à Tad qui hulula à haute voix.

— Hum, Robyn dit que c'est Alpha Sweetcakes pour toi, TJ.

TJ saisit la main de Keil et tenta de sauver son oreille.

— Mes excuses, mais tu es une fille sexy, Robyn. Juste au cas où mon frère oublierait de te le dire.

Robyn jeta un regard interrogateur à Tad. Il secoua la tête. Il n'y avait aucun moyen qu'il lui traduise ce commentaire.

Tad l'attira pour une étreinte, l'embrassa pendant une minute pendant qu'il réfléchissait à ses options. Keil lui avait demandé de rester quelques jours pour aider avec la langue des signes et faire en sorte que Robyn se sente chez elle en Alaska avec la meute de Granite Lake. Il avait d'abord dit qu'il le ferait, mais désormais il savait que cela ne fonctionnerait pas. Il y avait beaucoup trop de politique, et bien qu'il aimât faire du social et résoudre des problèmes, il ne servait à rien d'essayer ici. Son absence de statut officiel lui rendrait impossible d'accomplir quoi que ce soit de valeur.

Tad recula et leva les mains pour parler à Robyn en langue des signes américaine, heureux d'avoir un moyen de profiter d'une conversation privée au milieu de la salle bondée.

— Tu es magnifique, lui dit-il.

— Oh, Tad, attends jusqu'à ce que tu puisses changer. C'est tellement...

Elle s'arrêta et fronça le nez vers lui.

— Tu ne te sens pas à l'aise ici. Tu es en train de partir.

C'était vraiment une louve puissante.

— Je vois que ton foutu aperçu Alpha fonctionne déjà.

Robyn lui tira brièvement la langue.

— Qu'est-ce qui ne va pas ?

— Je suis content pour toi, sœurette. En fait, toute cette soirée m'a aidé à comprendre qu'il était temps de passer à autre chose. Je dois arrêter d'attendre que quelque chose se produise.

Robyn fronça les sourcils, ses yeux sombres plongés dans les siens.

— Explique. Tu te sens comme une bulle prête à éclater.

Tad soupira. Ce n'était pas vraiment l'heure pour cette conversation, mais il fallait le dire. Elle méritait de savoir qu'il en était enfin venu à prendre une décision.

— Je ne veux pas gâcher ta célébration. C'est juste que je ne vais plus m'inquiéter d'essayer de déclencher mon loup, d'accord ? Keil t'a expliqué qu'il est difficile pour un sang-mêlé comme moi de se déclencher. J'ai décidé d'ignorer mon côté loup et de rendre mon côté humain heureux à la place.

L'image du visage et du corps de Missy frappa fort. Elle n'était pas une mauvaise alternative sur laquelle se concentrer.

Une myriade d'émotions traversa le visage de Robyn. Confusion, incrédulité, tristesse. Puis une pointe d'amusement.

— Et si tu pouvais avoir les deux ?

— Ce n'est pas possible. Tu as eu de la chance. Tu as trouvé Keil, et tu ne le cherchais même pas. C'est mieux si j'oublie tout le truc du loup.

Robyn tapa du pied.

— Ce sont des conneries ! Tu ne peux pas ignorer ton loup et être toujours heureux. C'est ce qui n'allait pas avec moi avant. Je savais que quelque chose me manquait, et je ressens une grande différence maintenant que mon loup fait complètement partie de moi. N'abandonne pas. Tu peux réellement être heureux avec toi-même et déclencher ton loup. Je le sais.

— Tu affirmes ça en tant que mon Alpha ?

Elle posa ses mains sur ses hanches pendant une seconde, les taches dorées dans ses yeux tourbillonnaient. Le pouvoir s'échappa d'elle et sa colonne vertébrale picota. *Putain de merde, elle était forte.*

Elle leva les mains pour signer à nouveau.

— Comme ton Alpha et ta sœur à la fois. Tu as toujours veillé sur moi. Je n'ai pas dit assez merci. Je t'aime et je veux que tu sois heureux. Ça va finir par s'arranger.

Elle lui donna un coup de poing à l'épaule puis l'attira pour un autre câlin. Elle s'agrippa aux deux côtés de sa tête et le fixa profondément dans les yeux pendant un moment. Le loup en elle était beau à voir, mais il n'était pas du genre à profiter de sa bonne fortune.

Des partenaires pour la vie étaient ce qu'il voulait, même si cela impliquait que son loup restait piégé.

— TAD, attends. Keil doit te parler avant que tu partes.

Tad était fatigué, il en avait marre et était prêt à rentrer chez lui pour s'effondrer et rêver de Missy.

— Est-ce que ça peut attendre ?

Erik se figea.

— Oh, merde. Désolé.

Putain, putain, putain. Il avait vraiment besoin de se rappeler à qui il parlait parfois. Tout le code loup-garou était une sorte de dix commandements mystiques, et Tad enfreignait constamment les règles. Il referma sa porte et emboîta le pas à l'homme géant.

Erik parla doucement.

— Tu peux t'en tirer avec beaucoup de choses, en étant lié à Robyn et à tout le reste, mais ce n'est pas une bonne idée…

— Je sais, je sais, tout le truc « Alpha est roi ». J'ai parfois du mal à me souvenir. Cela ne semble pas réel, peut-être parce que je ne peux pas changer. Je suppose que je ne suis pas un très bon loup. Tad a dû marcher deux fois plus vite pour suivre les progrès de sa nouvelle Beta.

— Comment peux-tu ne pas te souvenir ? demanda Erik. Ne te sens-tu pas obligé d'écouter quand Keil parle ? Ou ta précédente Alpha à Whitehorse ?

Tad haussa les épaules.

— J'imagine. Parfois, je me sens juste agacé.

— Agacé ?

Le son d'Erik de la voix d'Erik était étrange, comme s'il avait avalé quelque chose dans le mauvais sens.

Tad lui jeta un coup d'œil.

— Agacé ou même énervé. Je ne pense pas que Keil m'ait encore ordonné de faire quoi que ce soit, donc je ne suis pas sûr, mais mon Alpha à Whitehorse, bon sang, je l'ignore tout le temps.

Erik n'était plus à ses côtés. Tad se retourna pour regarder l'homme qui était à quelques pas derrière et qui faisait une des grimaces les plus étranges.

Cette nuit devenait vraiment bizarre.

— *Quoi ?*

Tad regarda le Beta former un cercle lent autour de lui, reniflant l'air.

— Dégage, je déteste quand les gens font ça.

Tad pressa ses deux mains sur l'épaule du géant et le força à s'éloigner. Ce ne fut pas une tâche facile puisque Erik était bâti comme des chiottes en briques avec des coins métalliques renforcés.

Erik secoua lentement la tête.

— Keil va péter une durite.

— Tad va piquer une crise s'il ne rentre pas bientôt chez

lui. Arrête avec le blabla de loup et allons voir le Grand Chef.

Tad fit irruption dans le hall, Erik traînant derrière lui en gloussant.

Keil fit signe à son Beta de monter la garde.

— Tu me rends nerveux. Quelque chose ne va pas ? demanda Tad en jetant un coup d'œil à l'espace vide.

Keil posa une main rassurante sur son épaule et le guida vers des chaises rembourrées sur le côté de la zone.

— Non, tu vas bien, Robyn va bien, tout ce genre de choses. Je dois te parler de quelque chose de sérieux avant que tu partes.

Tad attendit.

— C'est un peu un sujet délicat avec toi, donc je ne l'ai pas mentionné devant les autres.

Tad attendit encore.

Keil roula des yeux.

— Tu ne vas pas me faciliter les choses, hein ?

Tad sourit au grand homme. C'était le moment le plus divertissant qu'il avait eu de toute la soirée. Puis son sourire s'estompa lorsqu'il eut une idée du sujet.

— Oh, merde, tu ne vas pas me dire que quelqu'un a offert Premier Accouplement ?

— Je pensais que tu serais content. Tu attends depuis toujours...

Le sang de Tad se mit à bouillir. C'en était trop.

— Keil, je ne veux pas baiser quelqu'un qui essaie juste de t'impressionner. Oublie.

— Elle n'essaie pas de m'impressionner.

— Oui. C'est ça. Laisse-moi deviner. Est-ce une blonde maigre avec un bronzage ?

Keil se rassit.

— Eh bien, je ne la qualifierais pas de maigre, mais elle est blonde. Tu sais qui a offert ?

Tad eut une expression amère.

— Elle a déjà proposé et j'ai pensé que je perdrais mon dîner. Tu ne penses pas vraiment que je devrais l'accepter ? Je sais que ce n'est pas pour toujours, mais je dois la regarder pendant quelques jours. Et la toucher...

Il frissonna. L'idée d'être intime avec la reine de Saba lui retournait l'estomac.

— Merci, mais non merci.

La colère fut visible sur le visage de Keil.

— Si c'est à quel point tu es pointilleux, pas étonnant que tu n'aies jamais été déclenché. Je pensais que nous avions enfin trouvé une solution qui te plairait.

Keil ramassa l'un des coussins du canapé et le frappa avec son poing.

Il lui lança un regard furieux jusqu'à ce qu'il se souvienne que c'était à la fois son nouvel Alpha et son nouveau beau-frère. Tad soupira et baissa les yeux.

— Je ne pense pas que je sois pointilleux.

— Qui attends-tu, Miss Loup Canada ? demanda Keil.

Tad le regarda bouche bée. Certainement pas.

— Une telle chose existe-t-elle ?

— Arghhh !

Keil lui lança l'oreiller.

Tad leva les mains, essayant de calmer Keil.

— Écoute, je n'essaie pas d'être difficile.

— Eh bien, tu arrives à me faire chier, et tu vas me mettre dans la merde avec ma compagne. Robyn était tellement excitée à l'idée que tu sois bientôt déclenché.

Comme si cela allait changer l'avis de Tad à propos de tout cela.

— Je ne baise pas quelqu'un pour l'amour de Robyn.

— C'est juste Premier Accouplement. Passe à autre chose.

Tad secoua la tête.

Keil croisa les bras sur sa poitrine.

— Ensuite, tu dois t'expliquer à Robyn parce qu'elle pensait que tu serais ravi. Elle a dit que Missy était l'une des...

— Quoi ?

Tad bondit de son siège.

— Attends une seconde, rembobine. De qui parlons-nous ici ? Tu as dit Missy ?

— Et comment ! Une femme magnifique comme celle-là t'offre...

— C'est un loup ?

Putain de merde, Missy a offert Premier Accouplement ? Douce, belle et sexy Missy qui l'a mis à l'envers ? Son cœur battit plus fort et soudain, il éprouva des difficultés à respirer.

— Merde, tu n'apprendras jamais à sentir une odeur ? Oui, Missy est un loup. Elle est passée hier pour me dire qu'elle était dans le coin. En tant que meute la plus proche, c'est de la courtoisie de s'enregistrer. Elle a dit qu'elle serait ravie de t'offrir Premier Accouplement. On dirait qu'elle a un faible pour toi depuis le lycée. Mais comme cela ne t'intéresse pas, et que la simple pensée de la toucher fait virer ton visage au vert, je suppose que je devrais juste...

— Veux-tu ralentir ?

Tad sauta de sa chaise et commença à faire les cent pas. Ses nerfs tremblèrent pendant une seconde puis se détendirent alors qu'une faible traînée d'espoir commençait à naître en lui. Mais pourquoi Missy n'avait-elle rien mentionné ?

— Je ne savais pas qu'elle était un loup. Nous sommes

allés à un rendez-vous l'autre jour et elle ne m'en a jamais dit un mot.

— Elle n'était pas sûre que tu connaissais tes gènes de loup jusqu'à ce qu'elle rencontre Robyn.

Keil parut perplexe.

— Qui pensais-tu que je suggérais ?

Missy voulait coucher avec lui. Tad combattit les images qui lui venaient à l'esprit pour se concentrer sur la réponse à Keil.

— Je pensais que tu parlais de la nana avec les reflets roses chatoyants dans ses cheveux.

Keil éclata de rire et secoua la tête.

— D'accord, maintenant ta réaction a du sens. Qu'en penses-tu ? Missy est veuve, donc ton petit problème concernant le fait de ne pas consommer l'acte avec une femme mariée est un point discutable. De plus, elle est extrêmement agréable pour les yeux. Pas que je le remarquerais, étant totalement amoureux de ta sœur.

Tad ricana.

— Je pense que l'expression est « marié, pas mort ». Missy est magnifique et tu le sais. Robyn dirait la même chose.

— Donc...

— Mec, cela semble toujours si forcé et étrange. Comme un voyage organisé au bordel local.

Il avait appris à être beaucoup plus ouvert à propos du sexe au cours des deux dernières années, mais la méthode directe et franche du loup le faisait toujours se tortiller. Bien, lui et Missy feraient Premier Accouplement. Maintenant, il ne voulait plus en parler.

Keil eut un sourire narquois.

— Je pense que tu peux surmonter ce petit problème.

D'après ce que Missy m'a dit, tu semblais assez intéressé par elle l'autre jour, alors remets-toi et...

— Merde, elle t'a dit ce qu'on a fait ?

Et Robyn était-elle dans la pièce pour l'entendre ? C'est tout ce dont il avait besoin, sa sœur sachant qu'il était un démon du sexe.

Merde, Robyn savait déjà que Missy avait offert. C'était le but de toute sa mystérieuse conversation sur l'obtention de ce que ses côtés humain et loup voulaient.

— Non, mais tu me rends curieux. Tu veux me dire ce que tu as fait pour passer de zéro à soixante en trois secondes chrono ? Je n'ai jamais vu un gars réagir comme ça auparavant.

— Tais-toi, Keil.

Le rire chaleureux de son nouveau beau-frère apparut et Tad lui rendit un sourire penaud.

— Oui, ça m'intéresse. Seulement, laisse-moi donner le ton, s'il te plaît. Je vais travailler avec elle prochainement, et je ne pense pas que ce soit bien si nous nous contentons de nous coucher et de nous y atteler.

Pour autant qu'il le voudrait.

Putain, Missy était une louve. Elle avait offert Premier Accouplement. Ils allaient faire l'amour. Il avait attendu des années pour trouver quelqu'un pour le déclencher, et maintenant cela n'allait pas seulement arriver, cela allait arriver avec *Missy*.

Waouh. Les rêves de lycée pourraient devenir réalité.

5

Tad fit une dernière vérification des instruments de l'avion et rangea le plan de vol et les bulletins météo. Il n'y avait que huit heures de lumière de jour pour le faire et ils devaient bientôt partir.

Le météorologue, partenaire de travail de Missy dans le projet, les classa. La veille, Tad avait sondé l'homme pendant des heures et avait découvert que Dan était plus que méticuleux en ce qui concernait les détails. Aujourd'-hui, non seulement il s'affairait à des changements de dernière minute, mais en plus il ne se sentait pas bien, disparaissant toutes les dix minutes pour aller aux toilettes.

— Missy, pouvons-nous commencer et au moins mettre en place le premier des relais ? suggéra Tad, rongeant son frein pour bouger.

— Ensuite, nous pourrons contacter Dan et le laisser faire son travail avec l'unité de base au camp. Il faudra au moins vingt minutes pour arriver au premier point de chute avant de pouvoir allumer quoi que ce soit pour commencer à relier les récepteurs.

C'était la première fois qu'il voyait Missy depuis que lui

et Keil s'étaient parlé samedi. Comme d'habitude, elle avait l'air à couper le souffle, mais il avait un petit quelque chose en plus dans son sourire quand elle lui répondit.

La chaleur monta, et il se força à se détourner avant de faire quelque chose de trop loup — comme se jeter sur elle en public.

Au moment où ils furent dans les airs avec des écouteurs pour pouvoir communiquer, il pensa avoir compris ce qu'il voulait dire. Cela devait être quelque chose de tendre et de doux, mais il devait lui faire savoir qu'il s'intéressait à elle non pas que pour des raisons de Premier Accouplement, mais parce qu'il l'aimait vraiment en tant que personne. Ce n'était pas qu'une question de sexe, même si elle était assez chaude pour que le dégel printanier s'installe tôt...

— Tad ?

La voix douce de Missy traversait les haut-parleurs brouillés par l'électricité statique. Son sexe était toujours au garde-à-vous et faisait attention.

— Oui ?

— Quand nous aurons terminé aujourd'hui, voudras-tu que je revienne à ton appartement ou veux-tu prendre une chambre d'hôtel ? Toutes mes affaires sont au camp et je ne pense pas que nous devrions avoir des relations sexuelles là-bas.

Il fallut quelques secondes à Tad pour niveler l'avion. Ces loups au franc-parler ! Ils le surprenaient chaque fois.

— J'ai apporté des vêtements de rechange dans mon sac de sport pour que nous puissions aller directement où tu voudras.

— Missy !

Tad ajusta son pantalon pour retrouver un peu de circulation sanguine.

Elle ricana et il fit un sourire penaud dans sa direction.

Ses yeux pétillèrent de désir alors qu'elle lui tendit la main et qu'il la serra, son pouce frottant ses jointures dans une douce caresse.

Si doux. Si bon.

Un léger soupçon de son odeur le surprit, qu'il s'agisse d'un parfum ou de son parfum naturel, alors qu'il remplissait ses narines et envoyait valdinguer son corps à la vitesse supérieure. Tad fit quelques calculs rapides. Douze relais à mettre en place à quinze minutes chacun. En ajoutant le temps de vol, l'atterrissage et le stockage pour l'avion, la conduite et le sprint dans les escaliers, ils pourraient être chez lui à 14 heures au plus tard.

Tout était prêt pour un délicieux après-midi.

— J'AI CHANGÉ LA FRÉQUENCE, Dan.

Missy parlait à la radio.

— Si tu ne reçois pas les commentaires, tu as manqué quelque chose.

Tad marchait derrière elle dans la neige, son col relevé contre le vent glacial. Il était trois heures passées et il y avait souvent une brise sur le glacier à cette heure de la journée. Une autre raison pour laquelle il avait espéré être en sécurité à la maison.

— Je sais que ce n'est pas un problème de mon côté... Non, je ne vais pas l'éteindre et le rééquilibrer, car cela prendrait encore vingt minutes et cela ne résoudrait pas le problème... Dan ?

Missy laissa tomber le téléphone.

— Il vomit à nouveau. Je n'y crois pas !

Au cours de la journée, Dan avait transformé un simple exercice en une nouvelle forme d'enfer. Bien sûr, Tad était un peu partial puisqu'il souhaitait être au paradis en ce moment. L'autre homme bouleversa chaque relais météo que Missy essayait d'organiser. Entre la fièvre et la course aux toilettes, Dan n'avait aidé à relier que sept des vingt relais nécessaires.

Il ferait bientôt nuit et Tad redoutait l'idée de passer la nuit sur le glacier dans son avion.

— Missy, nous devons arrêter. Dis à celui ou celle que tu peux joindre que nous rentrons. Dan est trop malade pour finir, et nous nous dirigeons vers la zone rouge.

Missy hocha la tête et relaya le message au camp de base. Leur réponse lui fit écarquiller les yeux d'inquiétude.

— On ne peut plus rien faire aujourd'hui, de toute façon. Ils ont ramené Dan dans sa tente. Il est inconscient.

De retour à bord, Tad examina la ligne de vol. La direction du vent avait suffisamment changé pour que la nouvelle direction de décollage soit désagréable.

— Hum, tu aimerais peut-être fermer les yeux. L'avion sera un peu serré contre les arbres avant de décoller.

Missy hocha la tête et mit son casque.

— Je te fais confiance.

Tad déglutit. Putain de merde, maintenant sa poitrine était aussi serrée que sa gorge. La confiance de Missy était une leçon d'humilité.

Il réussit à quitter le glacier à quelques centimètres près. Le vent implacable balaya les particules de glace sur le corps de son avion comme du papier de verre. Il utilisa ses deux mains, luttant pour contrôler le petit engin, et tout se passa bien jusqu'à ce qu'une série de voyants d'avertissement orange vif clignotent sur le tableau de bord.

Le mauvais temps foutait en l'air les volets de l'aile.

Merde.

Pire encore, le voyant rouge du moteur s'alluma une seconde plus tard.

Le soleil se couchait, effrayant mais beau, à travers la brume de la neige poudreuse. Tad savait où il était. Il avait vérifié deux fois à trois fois ses cartes en attendant que Missy finisse chaque relais.

Ils n'allaient pas revenir à Haines Junction par ce temps avec l'avion en difficulté. Avec un peu de chance, ils pourraient peut-être se rendre au refuge de montagne de Keil. Il jeta un coup d'œil à Missy.

Laisse tomber la chance. Pour elle, il ferait un miracle.

TAD GUIDA MISSY dans la neige vers la cabane. Le vent hurlait autour d'eux.

— Devons-nous entrer par effraction ?

Elle dut crier pour se faire entendre.

— Non. Je connais le code secret. J'ai fait venir Keil et ses clients ici plusieurs fois, et ils ont partagé leurs astuces.

Il les fit passer devant la porte d'entrée jusqu'à la grande fenêtre latérale où une serrure à combinaison était accrochée au moraillon.

— Combinaison de cinq lettres. TJ l'a réglé, je parie.

Il composa A-I-D-E-R et tira.

Rien.

Tad essaya O-U-V-R-E, puis S-A-U-V-E.

Il jura contre le vent.

— Pourquoi faut-il le régler ? demanda Missy, blottie contre lui.

Elle essaya de contenir ses frissons. La température baissait rapidement et ses dents claquèrent. Aussi heureuse qu'elle soit que Tad les ait débarqués sains et saufs, il faisait bien plus froid qu'elle n'en avait l'habitude. Elle fut tentée de se tourner vers son loup et de se pelotonner pour se réchauffer.

— Keil utilise la serrure à trois gorges et la règle sur S.O.S. ou sur neuf-un-un en cas d'urgence. TJ aime utiliser la serrure à quatre gorges et il a tendance à devenir fantaisiste. Que dirais-tu si tu devais entrer dans la cabane et que tu n'avais pas de clé ?

— Je jurerais probablement.

Elle enfonça mit ses mains sous ses aisselles et sauta sur place.

Tad lui donna un rapide baiser sur la joue et la chaleur la traversa. Tad rampa derrière elle et ferma la fenêtre. Le silence relatif résonna dans ses oreilles.

— Quel était le code ?

Tad la dirigea vers le poêle hermétique.

— MERDE. Ce garçon a besoin de grandir.

Il sortit une couverture d'une caisse en plastique et l'enroula autour de ses épaules. Il la fixa pendant une seconde, ses doigts froids et doux contre sa joue avant de la couvrir plus complètement.

— Assieds-toi ici, je vais allumer le feu. Nous aurons tout ce dont nous avons besoin dans une minute. Keil n'est rien s'il n'est pas préparé.

Tad alluma la cuisinière et se précipita dans la cuisine en ouvrant des boîtes scellées. Du thé, du sucre, de la sauce à spaghetti en conserve et des pâtes sèches apparurent sur le buffet. Au moment où le poêle chauffa, il y eut de la neige fondue pour faire bouillir les pâtes et le riche arôme de sauce tomate emplit l'air.

Des mouvements très fluides pour un loup non déclenché. Il y avait une sorte de grâce innée dans la plupart des métamorphes, un héritage de leur forme de loup. Tad n'était pas encore devenu son loup, mais Missy pouvait l'imaginer. Elle pariait qu'il serait d'un argent pâle, aussi léger qu'elle l'était, même si sa forme humaine était sombre dans la peau et les cheveux. Il allait être beau. Tout comme son humain.

Son désir pour lui grandit. Son corps se resserra et l'humidité commença à s'accumuler entre ses cuisses. Ce jour avait été long à venir et sa peau picotait en prévision de ses caresses. Missy était heureuse de pouvoir partager cette expérience avec lui. Peu importe à quel point c'était dangereux pour elle de lui offrir Premier Accouplement. Avec tout ce qu'elle avait traversé au sein de la meute de Whistler, les années sans amour, piégée dans un mariage de convenance, elle avait besoin de faire une dernière chose spéciale pour elle-même. Quel que soit le résultat.

Elle était reconnaissante d'avoir quelque chose de spécial à offrir à Tad.

Elle se leva pour changer ses affaires mouillées dans les vêtements qu'elle avait apportés. Tad la regarda ouvrir son sac sans rien dire.

— Jogging. Hum, bébé, tu es mon genre de femme, taquina Tad, son sourire illuminant la pièce.

— Il fait froid ici après avoir vécu loin du nord, se plaignit Missy.

Tad lui fit un clin d'œil.

— Qu'est-ce que tu as d'autre dans ce sac à malices ? Je pensais que tu avais apporté une nuisette sexy ou une huile de massage.

Missy sortit une grosse paire de chaussettes en laine et sa brosse à cheveux.

— Des cordes et une pagaie, non ?

Missy lui souffla à la figure et se cacha derrière la pile de cartons pendant que Tad se retourna vers le poêle, mais pas avant qu'ils ne se jettent tous les deux un dernier coup d'œil.

L'intention sexuelle dans le regard de Tad la brûla et elle dut prendre une longue et lente respiration avant de pouvoir se changer.

DES ALIMENTS chauds remplirent leurs ventres et la chaleur du poêle atteignit même les coins les plus éloignés de la cabane. Missy soupira et se pencha en arrière sur les oreillers moelleux que Tad avait placés devant le feu.

— Il y avait trois autres loups de sang pur au lycée avec nous, dit-elle en regardant les expressions danser sur son visage.

— Sais-tu qui ils étaient ?

Tad s'appuya sur ses coudes à côté d'elle.

— Je sais pour Léon. Il fait toujours partie du peloton de Whitehorse. Je soupçonnais qu'il y avait quelque chose de différent chez lui avant même que je connaisse les loups.

Missy éclata de rire.

— Pourquoi ?

Tad haussa les épaules et fit une grimace. Il dit d'une voix râpeuse :

— Si tu avais pu voir le gars se changer pour un cours de gym, tu aurais pensé qu'il avait oublié de se transformer totalement. Ce type a besoin d'une cire dépilatoire puissante.

Elle gloussa. C'était du Léon tout craché.

— Tu es mauvais. Qui d'autre ?

— Je ne suis pas sûr. Cindy a déménagé peu de temps après toi. Elle avait ce don genre « regardez, mais ne touchez pas » à la perfection, et vous avez beaucoup traîné ensemble à l'école et en ville...

Il s'arrêta.

— Tu me regardais ? demanda Missy. Sa langue humidifia ses lèvres, incapable d'arrêter le geste automatique.

— Tout le temps, admit Tad.

Il la toucha. Son corps réagit.

— Tu me fascinais. Tu le fais toujours.

J'ai besoin de t'embrasser.

Il continuait à enrouler ses cheveux autour de son doigt.

— J'ai vraiment besoin de t'embrasser maintenant.

Il ne s'approcha pas. Qu'est-ce qu'il attendait ? Missy se lécha les lèvres à nouveau, et il gémit alors que sa main prenait son cou pour l'attirer. Il n'était qu'un simple murmure. Son souffle la réchauffa.

Il l'attendait. C'était son appel, sa décision.

— Missy ?

Sa voix taquinait sa peau, chatouillait ses sens, tirait l'air de ses poumons.

Elle abaissa sa bouche du dernier quart de pouce et leurs lèvres se touchèrent, hésitantes, incertaines. Tad la serra contre lui, massa son cou et ses épaules, ses lèvres douces et retenues.

Ce qu'elle voulait, c'était plus. Elle lui lécha les dents. La chaleur monta entre eux lorsque Tad la rejoignit, sa langue balayant la sienne et sa poitrine contre son torse.

Les couvertures douillettes, la chaleur du feu qui remplissait la pièce, le crépitement lorsque les bûches s'installaient, toutes ces sensations s'évanouissaient et son contact physique l'enivrait. Ses mains glissèrent sous son sweat-shirt et le long de son dos. Leurs corps se serraient l'un contre l'autre. Ses mamelons durs se frottaient contre lui.

Ils s'embrassèrent. Le contact bouche sur bouche l'excitait, l'étourdissait. Elle s'écarta pour souffler. Tad la regarda attentivement alors qu'il tenait tout son poids sur ses avant-bras, se suspendant au-dessus de son corps. Sa dureté se blottit contre sa cuisse.

Sa respiration laborieuse prouva qu'elle n'était pas la seule affectée par cet intense instant.

Elle le dévisagea.

— Tu embrasses mieux qu'un rêve.

Les yeux de Tad s'écarquillèrent.

— Chérie, as-tu une idée du nombre de mes rêves dans lesquels tu étais ?

Il continua de la regarder, et Missy rougit. Ses mains étaient attachées à son cou, ses cheveux dressés là où elle s'était accrochée à lui pendant qu'ils s'embrassaient.

— Je, euh… Quelle était la question ?

— Pas de questions. Juste plus de ça.

Il baissa la tête et elle partit loin, perdue dans son goût, son toucher. Il se blottit contre son cou, les dents râpant sa peau et son sexe se contracta. L'humidité, chaude et glissante, exsudait de son corps. Le sang afflua entre ses cuisses jusqu'à ce qu'elle soit enflée et douloureuse.

Tad se déplaça sur le côté et sa main passa sur son ventre.

— Merde, Missy. Tu ne portes pas de soutien-gorge.

Cette dernière fut sous le coup de décharges électriques.

Des mots de passion murmurés parvinrent à ses oreilles. Il remonta son pull avec sa main et lécha son mamelon. Couvrant toute l'aréole, il le tétait avidement. Elle vit des éclairs et cria.

Elle n'avait jamais rien ressenti de tel auparavant. Elle avait besoin de lui, avait besoin de son désir, de sa bouche. Elle était vide, et seul Tad pouvait la remplir. Il passa à son autre sein, glissant sa main derrière son ventre jusqu'à la ceinture de son sweat. Missy écarta ses jambes en guise de bienvenue. Son goût était addictif.

Tandis que les doigts de Tad effleuraient son monticule, il inspira à nouveau rapidement puis parla contre ses lèvres.

— Fille, tu me tues. Pas de soutien-gorge, pas de culotte... Oh putain, tu es mouillée.

Son doigt se nicha juste à l'intérieur de son fourreau.

Missy ferma les yeux et s'abreuva des sensations. Un frisson parcourut sa peau. Ses lèvres, exigeant une réponse, se régalèrent de sa bouche, pourtant la main qui explorait son intimité était douce. Il la caressa, lentement et de manière contrôlée, mais il l'embrassa furieusement. Son corps trembla et elle se demanda combien de temps il tiendrait encore.

Elle ne voulait plus de douceur. L'envie d'être comblée, d'être saisie par Tad et complètement possédée la submergea. Son parfum flottait fort dans l'air, remplissant son nez, sa bouche.

Son cœur.

Son âme.

Des vrilles d'émotion passèrent brièvement entre eux, et ses yeux s'ouvrirent de surprise. Oh, c'était vraiment en train d'arriver. La connexion d'accouplement. On lui avait dit à quoi s'attendre, mais la jeune femme louve n'avait jamais pensé qu'elle en ferait l'expérience. Elle ferma les yeux et essaya de se calmer. Être liée à Tad avec un faux accouplement signifiait qu'elle échapperait aux griffes de son Alpha, et c'était le but.

Elle avait dû faire un petit bruit qui ne correspondait pas à leur ébat parce que Tad s'éloigna. Son front sur son épaule, il prit quelques profondes inspirations. Il commença à s'éloigner, mais elle attrapa ses épaules, enroulant une jambe autour de lui pour le bloquer.

— Je ne te disais pas d'arrêter. Tu es le meilleur amant que j'aie jamais...

— Ne parlons pas des autres qui t'aiment, grinça Tad entre ses dents. Pour une raison inconnue, cette pensée me donne envie de tirer sur quelqu'un.

Missy le dévisagea. Était-ce possible ? Elle savait ce qu'elle ressentait. Le désir émotionnel d'être avec lui était encore plus fort que la compulsion physique. Et le physique était hors norme.

Elle prit son visage dans ses mains

Des images défilèrent — *des corps nus enlacés, des enfants jouant dans un champ, deux mains jointes qui se froissaient avec le temps* — Missy hoqueta.

Elle s'était trompée depuis le début. Elle avait supposé que son désir pour lui était une fausse lecture alors qu'en réalité elle aurait dû le savoir.

Il était son compagnon. Son vrai, authentique, compagnon pour toujours.

— Oh, Tad.

C'était bouleversant. Avec ses goûts envahissant son corps et les images de son esprit, c'était tout ce qu'elle pouvait faire pour arrêter de se déshabiller et de lui sauter dessus.

Elle trembla dans ses bras et Tad faillit perdre le contrôle. Il la regarda dans les yeux, vérifiant si elle avait peur. *Merde.* Il avait dû faire quelque chose, aller trop vite, ne pas avoir montré à quel point elle comptait pour lui. La douleur, profonde et aiguë, l'envahit, et il inspira.

— Chérie, qu'est-ce qui ne va pas ?

Tad essaya de démêler leurs membres. Il essaya, mais son corps ne voulait pas coopérer. Quitter la chaleur de son contact lui arracherait le cœur.

— Tout va bien.

Il y avait quelque chose de si juste chez Missy, si loin du simple sexe que son esprit s'embrumait, et il était difficile de se concentrer sur ses mots.

— Peux-tu le sentir ? chuchota-t-elle. Ce n'est pas seulement Premier Accouplement, c'est plus. Toi et moi, nous sommes compagnons.

Ce n'était pas possible.

Oh, putain, c'étaient encore les hormones de loup-garou. D'une manière ou d'une autre, elle recevait un faux positif.

Comment cela pourrait-il arriver ? Comment cela pourrait-il arriver sans qu'ils aient des relations sexuelles ? Elle allait penser qu'elle était amoureuse de lui pour le reste de sa vie, et ce ne seraient que des phéromones qui la contrôleraient. Il ne pouvait pas faire ça, ne pouvait pas traiter quelqu'un à qui il tenait d'une manière aussi froide et cruelle, surtout Missy.

Tad rassembla de l'intérieur une force qu'il ne savait pas qu'il avait et se traîna.

Ils poussèrent tous les deux de faibles gémissements alors qu'il trébucha à travers la pièce pour mettre de la distance entre eux. La douleur physique qui traversa son corps était inattendue et le mit presque à genoux. Ses yeux se brouillèrent pendant un instant.

— Je suis vraiment désolé, je le suis vraiment.

Il aurait fait n'importe quoi pour arrêter de lui faire du mal. Ses membres tremblaient, il s'appuyait sur le chambranle de la porte. Son corps était en feu, encore plus que lorsqu'il la touchait.

Elle était pâle, la confusion était inscrite sur son visage, et il avait mal pour elle. La situation était hors de son contrôle et entièrement de sa faute.

— Je pensais...

Elle hésita avant de fermer ses yeux remplis de larmes et de commencer à trembler.

— Tu ne veux pas de moi ?

Un son d'agonie s'échappa de sa gorge. Des gènes de loup-garou sanglants avaient gâché sa vie, et maintenant celle de Missy. Tout ce qu'il voulait, c'était la tenir dans ses bras et améliorer les choses. Ce n'était pas possible. Tout ce qu'on lui avait dit au fil des ans signifiait qu'elle devait se tromper, et à moins qu'il ne s'arrête dès maintenant, elle souffrirait pour toujours.

Il s'adoucit.

— Bon sang, ce n'est pas toi, c'est moi. Ne vois-tu pas ? Je ne suis pas déclenché. Nous ne pouvons pas être compagnons, ce sont les phéromones qui t'aveuglent. Oh, ma chérie, j'aimerais que ce soit vrai.

Il le souhaitait du plus profond de son cœur.

— Ça l'est !

Missy pleura. Elle était à genoux, son pull de travers, les cheveux ébouriffés dans tous les sens.

Il n'avait jamais rien vu d'aussi beau. C'était une pure torture d'éloigner son regard d'elle ; son cœur battait à toute vitesse, ses oreilles bourdonnaient, son sang rugissait dans sa tête. Il repoussa son désir d'essayer de la raisonner.

— Je ne peux pas l'être. Tu as un compagnon. Cela n'arrive jamais deux fois.

— J'avais un mari, Tad. Pas un compagnon. Nous étions mariés, mais c'était une chose politique qui m'était imposée.

Elle n'avait jamais eu de compagnon ? Elle dit qu'ils étaient copains. Aurait-elle raison ?

Il renifla fort. Le seul arôme qui l'atteignit était la faible odeur de fumée de bois. Ses voies sinusales étaient bouchées, son front était chaud. Son corps lui faisait mal.

La voulait-il ? Il voulait s'enfouir en elle et la protéger, mais il l'avait ressenti depuis qu'ils étaient des enfants au lycée. La connexion, l'attraction, il la ressentait tout aussi fortement avec son côté humain.

Comment cela pourrait-il être un véritable accouplement, s'il n'en était pas sûr ? Le doute qui restait lui liait les mains.

Attachait son cœur.

Puis, pendant un moment maléfique, Tad fut tenté de continuer. Pour l'emmener et lui faire l'amour pour qu'elle soit piégée pour toujours. Il l'aimait, bon sang. Elle l'aimerait. Cela importait-il que ce ne soit que le fait de phéromones de son côté ?

Sa moralité humaine mena une bataille aux proportions épiques contre le loup qui faisait rage à travers lui. Le désir, le besoin d'être déclenché.

Une brise rafraîchissante s'engouffra, et dans cette brève seconde, son cœur se brisa.

Il ne pouvait pas. Elle devait être libérée. Tous ses rêves tombèrent à terre.

La pièce se brouilla à nouveau. Il lui était impossible de penser correctement.

— Si tu n'as jamais été accouplée, cela signifie qu'il n'y a aucune chance que nous puissions partager Premier Accouplement en toute sécurité. Je ne peux pas te faire ça. Je ne peux pas risquer de te faire souffrir, te laisser tomber amoureuse de moi pour le reste de ta vie.

Sa langue trébucha, emmêla ses mots, maladroite, douloureuse. Il la voulait, mais il voulait plus encore le meilleur pour elle.

— Mais, Tad…

— Missy, chut.

Tad baissa la voix, calma son cœur battant. Il devait

expliquer qu'il ne la rejetait pas, mais qu'il la sauvait d'une grave erreur.

— Tomber amoureuse de quelqu'un pour de vrai et penser que tu es amoureuse parce que tes fichues hormones de loup-garou te contrôlent, ce n'est pas la même chose. Quelque part là-bas, tu as un vrai partenaire avec qui tu te connecteras intimement. Si je profite de toi, je détruirais ton avenir. La joie absolue. L'appartenance complète. Je tiens trop à toi pour te laisser abandonner tout ça. Nous devons arrêter, maintenant.

Tad attrapa son manteau et enfonça ses pieds dans ses bottes.

— Garde le feu allumé. Je serai de retour plus tard. Ne quitte pas la cabane. Je vais réessayer la radio.

— Tad, ne me quitte pas, j'ai mal... Ça fait mal. Ne pars pas...

Il ferma la porte.

Des couteaux tranchants lui transpercèrent les membres. Sa gorge était à vif et son cœur était un bloc de glace dans sa poitrine. Il dévala les escaliers et retourna vers l'avion. Il devait y avoir un moyen de sortir d'ici bientôt.

Avant de mourir d'avoir le cœur brisé.

6

Missy tomba à genoux. Comment pouvait-il partir après avoir entendu qu'ils étaient compagnons ?

Putain de connard trop prévenant.

Chaque cellule de son corps lui criait de le suivre, de le ramener dans la cabane et de le forcer à finir ce qu'ils avaient commencé.

Elle laissa tomber sa tête sur le sol et se concentra. Ses compétences en tant qu'Oméga la calmèrent afin qu'elle puisse réfléchir, puisse fonctionner jusqu'à ce que Tad reprenne ses esprits et revienne. De longues et lentes respirations aidèrent à soulager sa douleur pendant qu'elle étira les muscles de ses bras et de ses jambes mus par les hormones. Après ce qui sembla être des heures, Missy rampa jusqu'à la table et se releva.

Elle força ses jambes à coopérer pour continuer à avancer. Une partie de son corps voulut se fermer et se retirer sous les couvertures pour trembler jusqu'à ce que Tad revienne et soulage sa douleur. Mais si ce qu'elle avait deviné à son sujet était vrai, Tad n'était pas au courant de toutes les règles physiques relatives aux loups.

Il ne voulait peut-être pas s'accoupler avec elle, mais il n'avait plus le choix.

Ils avaient besoin l'un de l'autre pour survivre.

— Dire simplement non ne suffirait pas.

Elle ouvrit la porte et cligna des yeux dans le voile blanc. Le vent secoua le toit de la cabane. Il était difficile de voir les escaliers à cinq pieds au bord du porche couvert : la neige s'étalait comme des draps.

Si Tad était ailleurs que dans l'avion, il était en danger.

Elle retira ses vêtements, claquant des dents. Sa peau était si sensible que chaque contact de ses propres mains déchirait son corps de douleur. Tad pourrait être aussi prévenant qu'il le voulait une autre fois. Pour l'instant, elle allait ramener son cul et le forcer à la prendre.

Missy sortit nue sur le porche, la peau fouettée par des particules de glace qui piquaient comme des guêpes. Elle s'abaissa au sol et se déplaça, le confort de la métamorphose en loup atténuant une partie de la douleur. Le manque de son compagnon faisait plus mal.

Elle le sentit dans la tempête. Il n'y avait aucun moyen de nier le lien. C'était comme s'ils étaient reliés par un fil d'Ariane.

Elle sauta du porche et écouta un instant, le souffle dur du vent différent à ses oreilles de loup. De petites créatures se blottirent sous le porche, leurs corps minuscules se cachant de la fureur de l'hiver. De plus gros animaux erraient dans les arbres les plus protégés, dont au moins un loup sauvage. Il saurait qu'elle était là. Il se méfierait.

Elle laissa un peu de sa conscience Oméga s'échapper pour le rassurer avant de se tourner pour suivre son compagnon.

Le vent avait déjà effacé une grande partie des empreintes de pas de Tad. La piste qu'elle suivait s'égara alors que Tad titubait sur des pieds instables. La façon dont il réussit à fuir si loin d'elle démontrait une force incroyable.

Ou un entêtement qui confinait au débile.

Elle s'approcha de l'avion, la peur montant en elle. Elle sentit le rythme cardiaque de Tad ralentir, non pas à cause de la méditation, mais parce qu'il était en danger. Devant, près du ski de l'avion, il y avait un monticule enneigé. Elle se précipita pour le trouver face contre terre.

Missy rejeta la tête en arrière et hurla, un long cri aigu de commandement, avant de coller son museau sur le côté de son visage et de le renifler.

La première note de son parfum la traversa tel un shot de tequila. Sa tête tournait, elle avait l'eau à la bouche et la tension sexuelle dans tout son corps s'enflammait à nouveau rien qu'en sa présence. Elle sentait aussi le danger. Tad brûlait. Son corps tremblait de fièvre, et même si elle parvenait à le réveiller, elle ne pourrait jamais le porter. Elle cria à nouveau, plus fort cette fois.

Missy utilisa ses pattes et ses dents pour attirer Tad plus près de l'avion et de la légère protection de la colline avant de se lover autour de sa tête, son souffle chaud sur son visage. Elle guettait tout signe de mouvement, chez Tad ou dans l'air blanchi.

— Missy ?

La voix de Tad était une douce râpe.

Elle lui lécha le cou.

— Je suis désolé, Missy. Je suis vraiment désolé.

Ils vinrent. Les loups naturels se glissèrent jusqu'à l'endroit où gisait Tad, les yeux sur Missy. Elle le regarda fixement, ne bougeant pas de sa position protectrice autour de Tad. Lentement, le loup des bois s'approcha et s'abaissa au sol à ses pattes. Il lui lécha la gueule pendant un moment et elle lui donna un coup de tête.

Quelques minutes plus tard, Missy revérifia la pile de fourrures qui recouvrait Tad pour le garder au chaud jusqu'à ce qu'elle revienne avec de l'aide. Elle donna un coup de coude au chef du groupe en guise d'adieu puis se détourna.

La douleur lui piqua la nuque, s'enroula doucement autour de son front puis s'enfonça entre les yeux. Tad aurait bien gémi, mais cela demandait trop d'énergie.

— Alors, garçon zombie. Tu vas sortir ton cul du lit cette semaine ou quoi ?

La voix forte de son partenaire résonnait comme s'il utilisait un mégaphone.

— Shaun, tu penses qu'il va se souvenir de quelque chose cette fois ?

— Je ne sais pas, TJ. Je pense que c'est assez amusant. Que dirais-tu de lui dire qu'il a été mandaté pour piloter la reine lors de sa prochaine tournée royale ?

Ils parlaient à proximité, mais Tad ne pouvait pas les voir.

— Salut, les gars. Taisez-vous une minute. Lequel d'entre vous a laissé tomber l'enclume sur ma tête ?

— Hum, bon signe. Il est un connard, déclara Shaun.

— Pourquoi je ne peux pas te voir ?

Tad pensa que ses yeux étaient ouverts, mais il faisait si sombre dans la pièce qu'il ne pouvait en être sûr.

Un faible scintillement de lumière fendit la pièce à travers alors les rideaux.

— Il fait nuit et nous avons fermé les rideaux d'été qui bloquent la lumière. Le médecin de la meute a dit qu'avec la fièvre, il fallait qu'il fasse aussi sombre que possible pour éviter les complications.

Il fit les cent pas et s'assit.

— Comment te sens-tu ?

— Est-ce que j'ai attrapé la grippe ou quelque chose comme ça ?

Tad regarda TJ et Shaun échanger des regards.

— Oui, ou quelque chose comme ça. Tu te souviens de ce gars avec qui tu as volé pendant des heures ? Il a chopé des microbes, et comme tu avais le plaisir de sa compagnie au plus près, tu étais une belle petite bombe à retardement qui attendait d'exploser, expliqua Shaun.

TJ renifla.

— Bien sûr, courir dans un blizzard effrayant n'a pas aidé les choses. La seule raison pour laquelle tu as survécu est...

— TJ, va faire du café. Merci.

Shaun tourna le dos à TJ pour le congédier.

— Comment as-tu fait ça ? Je pensais que personne ne pouvait faire taire TJ quand il commençait.

Shaun attrapa le front de Tad.

— C'est un truc de loup. Je suis mieux classé et je n'utilise l'autorité que lorsque c'est nécessaire.

Shaun toucha sa peau au ralenti.

Des pics à glace géants invisibles apparurent et commencèrent à le frapper partout. Il s'éloigna de la main de Shaun. Sa tête tournait et sa peau frissonnait.

— Qu'est-ce que c'est que ça ?

— Tu veux vraiment le savoir ?

Tad jeta un oreiller à Shaun.

— Quel genre de remarque stupide est-ce ? Bien sûr que je veux savoir. Ma tête palpite et j'ai l'impression d'avoir été attaché à une fourmilière après avoir été trempé dans du miel.

— Ooooh. Belle analogie, pilote. Tu te souviens d'où tu as obtenu le miel ?

Tad se prépara à crier sur Shaun pour lui dire de rester sensé, mais... ensuite...

— Oh, merde. Est-ce que Missy va bien ?

Shaun frappa dans ses mains avec un enthousiasme exagéré.

— Enfin, la bonne question. Tu es à la pointe de la santé mentale cette fois. Oui, Missy est aussi bien qu'on peut s'y attendre.

— Qu'est-ce que ça veut dire ? Et pourquoi agis-tu si bizarrement ?

Tad rejeta les couvertures et balança ses jambes au sol, avec l'intention de s'habiller. Tad se retrouva à plat ventre, cette fois sur le tapis.

— Essayons à nouveau. Comment te sens-tu, Tad ?

Rien ne fonctionnait correctement et son cerveau donnait l'impression d'être gelé.

— Bon sang, qu'est-ce qui ne va pas chez moi ?

La voix de Shaun se tut avec une nuance ennuyée de « Je suis patient ».

— Tu as été malade, Tad. Tu as attrapé la grippe du gars avec qui tu volais...

Putain.

— Oui, tu me l'as dit.

Tad tendit la main à Shaun pour qu'il le redresse. Shaun

cacha ses bras derrière lui et Tad jura. Il roula sur le ventre et donna une poussée douloureuse sur ses genoux.

— Ce n'est pas que je ne veuille pas t'aider, mais t'écouter crier de douleur chaque fois que quelqu'un te touche a perdu de son attrait après la première douzaine de fois.

Shaun s'assit sur la chaise à côté du lit.

Tad rampa sur le matelas et se couvrit. Le poids de la couette sur sa peau lui faisait moins mal que le froid s'infiltrant dans ses os. Son esprit s'éclaircit un peu, suffisamment pour s'inquiéter.

— Est-ce que je deviens fou ?

Shaun secoua la tête.

— J'ai déjà expliqué ce qui ne va pas cinq fois. Je ne suis pas sûr que tu te souviennes de tout ce que je dis, il est donc difficile de m'enthousiasmer à l'idée de le partager à nouveau. C'est jeudi. Tu étais...

— Quoi ? s'exclama Tad. Missy et moi avons fait les réglages lundi avant de rester coincés dans la cabane.

Shaun haussa un sourcil.

— Bien fait. C'est la première fois que tu réussis à t'en souvenir sans y être invité. Tu te souviens de quoi que ce soit d'autre que tu as fait avec Missy ?

Pas de réponse hormis un juron.

— Très bien, il semble que nous arrivions quelque part. Je sais que cela rend tes pauvres petites sensibilités humaines folles, mais je vais parler un peu loup. Tu as commencé Premier Accouplement avec elle et pour une raison stupide, tu as arrêté. Tu ne peux pas arrêter un déclencheur à mi-course, Tad. Tout ce que tu as réussi à faire est de mettre la balle en mouvement et tu as atteint une distorsion temporelle. Tant que tu n'auras pas terminé ce que vous avez commencé, ni toi ni Missy ne pourrez toucher une autre personne sans douleur. Numéro un. Deuxièmement, aucun d'entre nous ne savait que Missy était une louve Oméga et…

— Un quoi ?

La douleur dans son corps s'estompa légèrement lorsqu'il se souvint d'avoir été dans la cabane avec Missy.

— Oméga. Au lieu de s'occuper de l'autorité et du leadership de la meute comme l'Alpha et le Beta, elle aide à tracer la voie émotionnelle. Elle sait ce qui doit arriver par instinct. Les meutes sans Oméga ont souvent des loups sauvages ou se dirigent vers le côté illégal des choses. Vous ne savez même pas qu'ils sont là s'ils font bien leur travail.

Tad passa sa main sur son visage.

— Est-ce que Missy va bien ? Où est-elle ?

Shaun leva la main.

— Dans une minute. Je dois d'abord te dire autre chose.

— Bon sang, Shaun, tu m'as déjà dit que je ne suis pas juste un con pour m'amuser avec Missy, je suis aussi responsable d'avoir gâché la meute. Quelle autre bombe ressens-tu le besoin de larguer ?

Son ami se pencha en avant sur sa chaise, les yeux sérieux, les lèvres jointes.

— Tu n'as pas gâché notre meute. Missy est en visite et je n'ai pas réussi à la convaincre de me dire d'où elle vient.

Tad secoua la tête avec confusion.

— Elle me l'a dit.

— Eh bien, elle a dû te faire confiance plus que tu ne le pensais. Keil n'a même pas pu le savoir et cela me fait penser qu'elle est soit sacrément forte, soit sacrément effrayée par quelque chose. Je ne t'ai jamais traité d'idiot non plus pour avoir joué avec Missy, mais pour t'être arrêté. Grosse différence, mec. Je dois te demander quelque chose :

si Missy n'était pas une louve, aurais-tu aimé faire l'amour avec elle ?

Que faisait Shaun ?

— Bien sûr. Tu sais que je l'aime depuis le lycée et je ne savais pas qu'elle était un loup. J'avais même décidé que...

Shaun leva la main.

— Dis-moi si j'ai bien compris. Tu sortirais avec Missy, tu coucherais même avec elle en tant qu'humaine. Et si elle tombait amoureuse de toi ? Penses-tu que tu aurais pu tomber amoureux d'elle ?

Tad ne comprenait pas où cela menait.

— Oui.

— Alors, tu ne seras pas fâché de découvrir qu'elle s'en fichait si Premier Accouplement déclenchait un faux compagnon parce qu'elle a toujours été un peu amoureuse de toi et elle pensait qu'il valait mieux t'aimer même si tu ne lui rendais pas ses sentiments.

Shaun baissa la voix, secouant légèrement la tête.

— Elle a très mal en ce moment, Tad. Elle souffre physiquement à cause de ce foutu déclencheur, mais aussi de la douleur émotionnelle parce que tu as réussi à la repousser.

— Parce que je ne voulais pas la blesser !

Shaun fit une grimace.

— Eh bien, en voilà une bonne, Einstein. Elle a sauvé tes fesses et elle a besoin de toi. Maintenant, tu peux posséder toutes les humaines timides et merdiques à ton rythme, mais si tu es un homme, tu vas arranger les choses avec elle, qu'elle soit ta compagne ou non.

Un fracas s'entendit de la cuisine à la chambre suivi de jurons bruyants. Shaun bondit sur ses pieds et se dirigea vers la porte.

— Putain d'idiot, TJ, tu brûles la maison ou tu fais du café ?

Il se retourna vers Tad.

— Eh bien ?

Il était content que son cerveau ne tourne plus physiquement parce qu'il faisait une triple boucle à essayer de suivre
cette conversation.

— Eh bien quoi ?

— Est-ce que je vais chercher Missy ou restes-tu un
connard ?

Il doit plaisanter. Tad fit un geste vers le lit et son corps
tremblant.

— Tu veux que je séduise la femme alors que je suis
malade au lit depuis trois jours ?

Le rire de Shaun résonna dur et fort dans la pièce calme.

— Tu étais guéri de la grippe le premier jour. Le reste est
un effet secondaire de ta propre stupidité. Dès que j'aurai
amené Missy ici, tu te sentiras beaucoup mieux. Crois-moi.

Missy avait-elle vraiment autant besoin de lui ? Si Tad
pensait plus clairement en premier lieu, il n'aurait pas causé
ce problème. Il s'agissait de faire le bon choix.

Tad regarda par la fenêtre. Une grande partie des deux
dernières années pour lui avait tourné autour de la meute et
autour du fait d'apprendre à être un loup. Il était devenu
tellement distrait par son besoin de se déclencher qu'il avait
laissé derrière lui tous ses objectifs humains. Cela avait été
une erreur.

Il repensa à la façon dont Missy lui avait souri le premier
jour où ils s'étaient rencontrés il y a tant d'années. La façon
dont ses yeux s'illuminaient de malice quand elle le taquinait. Le son de son rire. Le toucher de sa main. Il se surprit à
sourire en se rappelant ce qu'elle lui faisait ressentir, comme
s'il était digne de confiance.

Putain de merde, il était amoureux d'elle.

Tad prit une profonde inspiration lorsqu'il se rendit

compte qu'il savait non seulement la bonne chose à faire, mais qu'il voulait le faire. Même si Missy recevait un signe de faux compagnon, il s'assurerait qu'elle ne se sente jamais mal aimée. Vraiment, ce n'était pas différent de ce qu'avait été son projet de vie avant qu'il ne découvre qu'il avait des gènes de loup : rencontrer une fille, tomber amoureux, se marier.

Il se retourna pour faire face à Shaun.

— Où est-elle ?

— Elle est dans le lit de Shaun, déclara TJ en passant la tête dans la pièce et la colère submergea Tad. Shaun l'aperçut et poussa TJ contre le mur.

— Doucement, doucement. Tad, ça va. J'ai dormi sur ton canapé et une des filles de la meute s'est occupée de Missy. Je ne l'ai pas touchée.

— Oui, personne ne la touche parce que c'est flippant d'entendre les bruits qu'elle fait.

— TJ !

Tad prit une décision.

— Shaun, je dois te demander une grande faveur. Puis-je emprunter ton appartement pour... eh bien, jusqu'à ce que nous n'en ayons plus besoin ? Je vais y aller. De cette façon, personne n'aura à toucher Missy.

Shaun laissa échapper un grand soupir.

— Bonne décision, Tad. Tu vois, c'est pourquoi je suis ton ami. Puis-je t'aider ?

Tad tendit la main pour enfiler son jean puis changea d'avis. De toute façon, il n'avait pas l'intention de rester habillé trop longtemps. Il enfila avec précaution l'énorme peignoir que Robyn lui avait offert pour Noël avec *Les Pilotes le font en volant* brodé dans le dos, et se dirigea vers la salle de bain.

— Donnez-moi quelques minutes pour me rafraîchir. Je

peux marcher, mais tu vas devoir conduire. Si je me faisais arrêter, je ne saurais pas comment expliquer à la GRC pourquoi je suis habillé comme ça en février.

— Personne ne veut boire ? demanda TJ en brandissant le pot fumant de liquide sombre.

Tad huma l'air.

— TJ, où as-tu trouvé le marc de café ?

TJ montra un conteneur sur le rebord de la fenêtre.

Shaun toussa.

— Je ne devrais pas en boire. N'est-ce pas, Tad ?

— Plutôt. À moins que tu ne cherches à développer un feuillage robuste et des feuilles vert vif.

TJ renifla le pot.

— Je pensais que ça sentait l'exotisme...

7

___

Le son des voix étouffées s'estompa derrière le son beaucoup plus fort des battements de son cœur dans ses oreilles. Missy se redressa et fixa la porte de la chambre.

Était-il vraiment là ?

La porte s'ouvrit et Missy retint un petit cri alors que Tad se traîna dans la pièce, la peau pâle, des cernes sous les yeux. Son odeur le précéda et la submergea comme une brise fraîche, et pour la première fois depuis qu'il l'avait quittée, Missy prit une grande inspiration.

— Hé.

Son cœur rata un battement.

— Hé.

Ils se regardèrent. Missy perçut chaque changement dans sa respiration, chaque changement dans son expression. Le simple fait d'être dans la même pièce que lui soulagea un peu la douleur, la proximité la remplissant d'espoir qu'elle ne serait pas abandonnée.

Puis son souffle se bloqua dans sa gorge et elle eut un

petit sanglot. Peut-être qu'il allait lui dire qu'il ne pouvait pas être avec elle et...

Tad se rapprocha.

— Missy, arrête. Ça va aller. Je suis désolé. J'avais tort.

Il était juste à côté du lit. Elle pourrait l'atteindre si elle essayait. Elle détourna le regard et serra les doigts.

Le lit s'inclina quand Tad s'assit et le corps perfide de Missy se pencha vers lui. Leurs épaules se frôlèrent et la connexion se fit : elle ne put pas arrêter le souffle rauque ou les larmes qui commencèrent à couler, puis elle fut dans ses bras et tout alla bien.

Pas aussi bien comme lorsque les loups naturels aidèrent à sauver Tad du gel. Pas aussi bien comme lorsqu'elle réussit à trouver son chemin vers la seule station-service sur l'autoroute exploitée par des loups afin qu'elle puisse se changer et demander de l'aide avant de s'effondrer. Les doigts de Tad suivirent sa nuque, tirant sur les boucles de sa queue de cheval. Sa bouche toucha sa joue et embrassa ses larmes. Il murmura des excuses contre sa peau, douce comme des pétales de rose.

Tad recula et prit son visage dans ses mains. Il l'embrassa, un tendre effleurement de ses lèvres sur les siennes, avant de la regarder profondément dans les yeux.

— Je n'en avais aucune idée.

Missy hocha la tête. La douce sensation de son pouce caressant sa pommette apaisa son chagrin. Elle ferma les yeux pour laisser le confort d'être de nouveau avec son compagnon apaiser les nerfs à vif, les morceaux brisés à l'intérieur.

— Missy, j'ai besoin de te le dire. Je veux dire, je veux te demander.

Tad s'étouffa avec ses mots et elle releva ses cils pour voir ses yeux remplis de larmes. Les taches dorées à l'intérieur étaient plus grosses qu'avant alors que son loup se battait pour remonter à la surface. Elle lui sourit pour l'encourager.

— Je ne veux pas ça seulement pour ce soir. Juste pour Premier Accouplement. Je comprendrai si tu trouves ton vrai compagnon et que tu dois partir un jour, mais j'ai décidé que si je ne pouvais pas t'avoir, je ne veux personne d'autre.

Missy se précipita pour trouver sa voix.

— Qu'est-ce que tu dis, Tad ?

— Je veux t'épouser. Pas en tant que loup, mais en tant qu'humain. Je sais que c'est rapide.

Il passa son pouce sur ses lèvres.

— Je pense que je suis amoureux de toi depuis que nous sommes adolescents. Je ne m'en suis rendu compte qu'il y a quelques jours.

Il baissa la tête pour poser sa joue contre la sienne.

Le cœur de Missy se gonfla. La dernière de ses peurs disparut. Elle savait qu'ils étaient de vrais compagnons. Que Tad soit prêt à s'engager sans cette connaissance…

Elle l'embrassa.

L'embrassa sur le front et passa ses doigts sur les rides d'inquiétude pour les lisser. Il embrassa ses yeux, les coins de sa bouche et le long de sa mâchoire jusqu'à son cou. Elle planta de petits baisers papillonnants jusqu'à son oreille pour lui murmurer sa réponse.

— Oui. Je t'aime.

Il l'enveloppa dans ses bras pendant un autre moment, son torse tremblant alors qu'il prenait une inspiration irrégulière. Quand il la relâcha, il souriait.

— Bien. Je t'aime aussi.

Missy se lécha les lèvres.

— Oh non. C'est ce qui a commencé ce gâchis.

Tad couvrit sa bouche avec sa main.

— J'ai des instructions strictes sur ce que nous devons faire, eh bien, avant de faire quoi que ce soit.

Missy lécha le centre de sa paume, laissa ses yeux montrer à quel point elle le désirait.

— Tu rends les choses difficiles, Missy.

— C'est l'idée, Tad.

Missy gloussa doucement, sa gorge toujours à vif, son corps tendu. La douleur s'estompa. Il était avec elle. Il disait qu'il l'aimait. Son cœur fondit un peu plus.

Tad défit la robe de son amoureuse et la laissa tomber par terre. Il enleva son T-shirt d'un seul mouvement et Missy le regarda avec admiration : il était nu devant elle. Il était plus mince que la plupart des loups, avec des muscles durs et nerveux. Une faible traînée de boucles sombres partait de son nombril et descendait jusqu'à la jonction de ses jambes où son sexe s'élevait, ferme et dressé, pleurant déjà de désir.

— Enlève tes vêtements, Missy, ordonna Tad alors que sa main cherchait à entourer son érection.

Missy le regarda, fascinée, se caresser de la racine à la pointe, un mouvement régulier qui affaiblit ses genoux.

— Missy ? J'ai besoin de toi nue.

Il avait besoin d'elle nue ? Missy rejeta la couette avec ses mains et la poussa de côté avec ses pieds pendant qu'elle tira la chemise surdimensionnée qu'elle portait sur sa tête et la laissa tomber par terre. En trois secondes chrono, elle fut nue et prête pour lui.

— Toujours pas de soutien-gorge ni de culotte ? Bon Dieu, toi alors.

Missy s'appuya contre la tête de lit pour regarder Tad se traîner jusqu'au lit. Il avança à quatre pattes jusqu'à ce qu'il s'agenouille à côté d'elle. Il la souleva et la plaça sur ses genoux, la piégeant entre le mur et son corps.

— Je suis désolé, Missy. Parce que j'ai tout gâché, nous devons...

— Tad, plus d'excuses. Je t'aime.

Il aspira le bout de ses doigts dans sa bouche et les taquina avec sa langue, sa bouche chaude et gourmande alors qu'il prenait le contrôle. Il l'embrassa, fermement et de façon exigeante, sa langue balayant sans pause tandis que le besoin se déversait sur lui. La bouche de Tad resta sur la sienne et ses mains glissèrent sur ses épaules. Elle massa les nœuds de muscle sous ses doigts. Leur peau étincelait là où ils se touchaient. Elle le sentit caresser son érection. Écartant ses doigts, elle en fit le tour. Tad s'éloigna du baiser, sa tête tombant en arrière alors que sa respiration s'accélérait.

— C'est tellement incroyable, tes mains sur ma queue. Je veux te toucher aussi. Tu le sais, n'est-ce pas ?

— Bientôt. Laisse-moi d'abord t'aider.

Il avait besoin d'être libéré avant qu'ils ne commencent vraiment. Elle ramena sa bouche vers la sienne, savourant son goût sur sa langue alors même qu'elle brûlait de sentir le velours d'acier sous ses doigts. Elle caressa, frottant l'humidité qui montait jusqu'à son gland pour faciliter le glissement de ses doigts sur sa longueur, encore et encore, jusqu'à ce qu'il se branle dans sa main. Ses lèvres se figèrent un instant contre sa bouche. La chaleur de sa semence aspergea son ventre et ses cuisses, où son éjaculation atterrit. Il murmura son nom, si tendrement et affectueusement que les larmes lui montèrent aux yeux.

Missy appuya une main sur son épaule pour le diriger vers son dos. Elle chevaucha sa taille et le fixa dans les yeux alors qu'elle laissait ses doigts dans le sperme laissé sur sa peau.

— Sainte Tolède, Missy. Les sons que tu fais me tuent.

Trop envahie par la surcharge sensorielle, elle ne se

rendit pas compte qu'elle avait fait du bruit. Le parfum s'éleva entre eux comme le plus exquis des arômes, coulant en ruisseaux et suivant une nouvelle combinaison. Elle se pencha et saisit ses mains, embrassa ses jointures.

Tad prit ses seins. Missy sourit à l'expression de pur plaisir sur son visage. Les hommes et les seins. Tad la regarda avec une fascination similaire à celle qu'il avait montrée en admirant son camion.

Mais pas tout à fait. Cela impliquait plus d'adoration.

Il la toucha doucement, fit rouler ses mamelons entre son pouce et son index jusqu'à ce qu'ils pointent, durs et sensibles. Sa queue se dressa derrière elle, la fente humide poussant contre ses fesses. Tad la caressa de ses mains fortes, la caressant en grands et petits cercles jusqu'à la rendre folle.

Tad la fit rouler, la plaça sur le dos et baissa la tête.

— J'ai besoin de te goûter, Missy.

Il abaissa sa bouche sur son sein et le lécha. Une main couvrit son monticule, les doigts séparant ses boucles pour se glisser dans sa gaine et faire le tour de son clitoris. Tandis que ses doigts continuaient à danser, sa bouche suçait et mordillait, lapant ses mamelons jusqu'à ce qu'ils deviennent rouge foncé.

Il l'embrassa. Sa bouche chaude et exigeante alors que ses doigts continuaient à jouer d'elle comme d'un instrument fin. Chaque coup, chaque contact rendait Missy de plus en plus vivante alors que le froid s'évanouissait comme un dégel printanier s'installant sur Terre. Son homme s'enroula autour d'elle plus étroitement, son sexe rigide pressé contre sa cuisse, leurs corps s'alignant et se touchant peau contre peau.

Plus que le simple contact de ses mains et de sa bouche,

son rythme cardiaque et ses émotions commencèrent à se joindre aux siennes et à les connecter. Intimement. Totalement. Un lien profond de passions et de besoins, de peurs et d'espoirs. C'était le sentiment le plus enivrant, et Missy s'ouvrit autant que possible pour profiter de la sensation. Un éclair de désir la parcourut et elle atteignit son paroxysme, son fourreau tirant sur ses doigts alors qu'il frottait et caressait.

Tad la couvrit de son corps, s'enfonçant dans son sexe qui continuait à palpiter. Il regarda son visage tandis qu'il inclina ses hanches et poussa. La tendresse brillait dans ses yeux pendant qu'il pressait jusqu'à ce qu'il soit enseveli dans sa chaleur, les hanches serrées l'une contre l'autre, leurs corps ne faisant qu'un.

Tout ce qu'elle vit, c'était Tad. Il était sur elle et en elle, l'étirant et la remplissant. Il était dans son cœur alors qu'il la berçait.

Puis il fut dans sa tête.

J'ai tellement besoin de toi, Missy.

Il tira ses hanches. Une conscience accrue de son corps augmenta le plaisir. Son membre sembla gonfler et presser plus fort sur ses parois internes à chaque coup, la chaleur de la friction créant un enfer. Missy s'ouvrit davantage.

Le tempo augmenta et Tad poussa plus fort, son torse appuyé sur elle alors qu'ils ne se connectaient qu'au niveau des hanches. C'était si bon, si bien, mais Missy en voulait plus.

— Touche-moi avec ton corps. Je veux ressentir chaque...

— Est-ce que tu viens de parler dans ma tête ?

Tad cessa le mouvement. Missy protesta. Elle attrapa sa tête et le tira vers le bas, passant sa langue dans sa bouche pendant qu'elle balança ses hanches contre lui.

— *Oui. Ne t'arrête pas. Oh, s'il te plaît, Tad, j'ai besoin de plus.*

Il était sur elle comme une bête sauvage, son corps dur touchant chaque centimètre de sa peau. Sa bouche se régala, ses mains la tirant plus près tandis qu'il s'enfonça durement et rapidement. Chaque coup la poussa dans le matelas. Missy gratta son dos avec ses ongles, emmêlant ses mains dans ses cheveux alors qu'elle essaya de l'aider à pousser plus profondément à chaque impulsion. L'air disparut de la pièce, consumé par la chaleur de leur désir. Missy cria quand son corps sauta au-dessus du précipice. Tad poussa une fois de plus et s'immobilisa, la rejoignant dans l'extase alors que son sperme pénétrait profondément en elle. Il gémit de plaisir.

Missy perdit le contrôle de ses émotions et une vanne s'ouvrit.

Chaque douleur... effacée.

Chaque tristesse qu'elle avait ressentie, toute sa solitude, toutes ses peurs. Lavée. La force de Tad coula en elle. Son amour reposa sur son corps comme un objet tangible.

Ses frustrations de ne pas avoir libéré son loup pendant si longtemps s'écrasèrent dans son cœur, et elle le toucha et calma la douleur. Ils partagèrent sans mots. Leurs espoirs, leurs rêves, leurs émotions fortes alors qu'ils construisirent une connexion incassable.

TAD LA SERRA CONTRE LUI, leurs corps toujours entrelacés. Le sexe était fantastique, mais ça... Personne ne lui avait dit que sa première fois avec un autre loup serait aussi incroyable.

— *Missy ?*

Elle passa une main sur son visage. Le contact était intime et doux, et il lui sourit.

— *Est-ce que cela signifie ce que je pense que cela signifie ? Ou est-ce un avantage de Premier Accouplement dont on ne m'a jamais parlé ?*

Des lèvres douces effleurèrent les siennes.

— *C'est véritable. Je t'ai dit que nous étions compagnons.*

Il fit une pause pour un moment. Il avait une compagne. Il était prêt à danser sur les toits tant il était excité.

— *Tu l'as dit. J'aurais dû t'écouter.*

— Tu es okay avec ça, Tad ?

Son cœur bondit. Elle était à lui et leur accouplement était réel, et Missy voulait savoir s'il était d'accord avec ça ?

Un petit peu, oui.

— Au-delà de « okay », ma tête tourne. Il n'y a plus moyen que tu t'éloignes de moi.

Missy passa ses doigts dans ses cheveux et Tad regarda les taches dorées dans ses yeux scintiller. C'était arrivé. Il avait une compagne.

Putain de merde, il allait pouvoir se transformer en loup.

— *Excitant, n'est-ce pas Tad ? Tu vas être un beau loup.*

— *Comment savais-tu à quoi je pensais ?*

Bien que très cool, cela pourrait devenir un peu embarrassant si elle lisait chacune de ses pensées tout le temps.

— Et accroche-toi, les gars ne sont pas beaux. Nous sommes admirables ou...

— Tad. J'ai quelque chose à te dire.

Tad la fit rouler sur lui, ayant besoin de sentir le poids de son corps.

— Hum. Ça a l'air sérieux.

Il ne pouvait s'empêcher de la toucher.

Quelque chose cliqua dans Missy. C'était la sensation la plus étrange, presque comme si elle avait appuyé sur un interrupteur. Il sentit ses émotions permuter : elle était rassasiée et satisfaite de leurs ébats amoureux. Tad la laissa ramper jusqu'au pied du lit où elle le regarda en retour, ses grands yeux bleus soudain remplis de peur. Il tendit la main, non pas avec sa main, mais avec l'étrange nouvelle conscience qu'il venait d'atteindre. Il lui caressa la peau et il sut.

Tout. Putain de merde, Missy fuyait les méchants.

Il secoua fortement la tête pour que ses pensées reviennent dans son cerveau. Il quitta le lit et se précipita dans la commode de Shaun pour trouver des vêtements.

— Habille-toi, Missy. Nous allons voir Keil.

Les yeux de Missy étaient énormes.

— Je suis désolée. Je n'ai jamais réalisé le danger dans lequel cela nous mettrait. Je pensais que si je te donnais Premier Accouplement, je pourrais enregistrer une fausse connexion et cela me ferait perdre mes compétences Oméga.

Je ne savais pas que nous étions vraiment compagnons jusqu'à la cabane, et après j'étais trop malade pour y réfléchir.

Sa voix tremblait et elle semblait incertaine de la façon dont il réagirait à tout ce désordre.

Tad la prit dans ses bras et l'embrassa profondément, la serrant fort.

— Je ne suis pas en colère contre toi, mon amour. Pas du tout, mais nous pourrions avoir de gros problèmes et nous avons besoin d'aide. Keil est l'Alpha le plus fort de la région et nous avons une entrée, étant de la famille et tout. Maintenant, puisque tu n'as pas besoin de sous-vêtements...

Il lui tendit un sweat-shirt chaud, l'embrassa sur le nez et se détourna pour s'habiller.

— Je pense que tu es aussi un Oméga, murmura Missy.

— Attends que nous reprenions la route. Nous en parlerons alors, prévint Tad.

L'enfer était sur le point de se déchaîner et il n'y avait aucun moyen que Tad puisse y faire face seul. Il était temps d'appeler l'artillerie. Être un loup-garou ne serait jamais ennuyeux.

S'il survivait jusqu'à son premier changement.

8

Tad jeta son téléphone portable sur la banquette arrière avec le reste de leurs affaires.

— C'est la dernière chance que nous aurons d'être connectés par ici. Nous devrons attendre d'avoir franchi le col pour essayer à nouveau d'atteindre Keil.

Il jeta un coup d'œil à Missy, notant la tension dans son corps alors qu'elle jouait avec la sangle de la ceinture de sécurité.

— Hé.

Il attendit qu'elle le regarde.

— Ça ira bien.

Missy hocha la tête, mais cela manqua de conviction.

Il lutta pour contrôler le large éventail d'émotions qui se déversèrent en lui, certaines siennes, d'autres à elle.

— Fais-moi un briefing sur les leçons de loup-garou dont j'ai besoin. Tu es un Oméga et tu t'es enfuie parce que c'étaient de vilains connards. D'accord ?

Missy ricana.

— Tu as un tel talent avec les mots.

— Oui. Élégant et verbeux, c'est moi. Nous sommes

compagnons. Tu penses qu'un abruti envisagerait de te prendre comme compagne ?

— Mon beau-frère, l'Alpha. La meute de Whistler s'est lancée dans des activités illégales à cause de lui. Il veut utiliser mes compétences Oméga. Il avait quelque chose sur mon père il y a des années, c'est pourquoi j'ai fini par épouser son frère. J'ai rassemblé des preuves à utiliser contre lui avec le conseil des loups-garous, mais c'est délicat. Il sera dangereux d'essayer de le faire tomber parce qu'il ne reculera devant rien. C'est un menteur habile, un tyran et un tueur. Il a tué son propre frère, Tad. Il est...

Elle se détourna pour regarder par la fenêtre.

Ce truc de connexion était brutal. La peur l'envahit et il sentit chaque nuance de ce sentiment au centre de son être. Son besoin de la protéger s'éleva en surplus, rendant très difficile sa concentration.

— Chérie, tu dois arrêter. Chaque fois que tu laisses le grand méchant loup t'effrayer, je ressens le besoin d'arracher des branches d'arbres. C'est assez dur de conduire dans le noir, sans parler de convaincre les gardes-frontières de nous autoriser à entrer en Alaska, si j'ai de l'écume plein la gueule. Oh, merde...

La frontière. Il n'avait aucune pièce d'identité et la partie alaskienne fermait à minuit. Qu'allaient-ils faire ?

— Alors, ce truc Oméga ? Cela te donne-t-il la possibilité de rendre quelqu'un vraiment paisible et satisfait afin qu'il ne regarde pas dans le coffre ? Tu peux nous conduire à la douane, ma chérie. Je vais me cacher, fit Tad.

Ils roulèrent en silence pendant un moment, les montagnes sombres se dressant au-dessus de l'autoroute.

— Je pense que tu en es un aussi, Tad. Un Oméga.

— Vraiment ?

Il se creusa la tête à propos de tout ce qu'il savait sur les

Omégas. À part ce que Shaun avait partagé, c'était très peu. Sauf qu'il y avait quelque chose de très confortable, de très naturel dans le savoir qu'il détenait. Une partie de son cerveau qu'il avait toujours su être là, mais jamais utilisée semblait nouvellement disponible.

— N'est-ce pas vraiment bizarre que nous finissions en tant que compagnons ? Je pensais que les Omégas étaient rares.

— Les compagnons sont le complément l'un de l'autre, et se complètent mutuellement. Il doit y avoir des choses que tu pourrais faire que je ne peux pas faire, ou que je ne peux pas faire sans ton aide. J'essaie toujours de déterminer l'étendue de mes compétences. Je sais que je peux calmer les foules et apaiser quelqu'un quand il est en colère. Le dernier Oméga à qui j'ai parlé a dit qu'il pouvait localiser les membres de la meute par leurs pensées. Il parcourait la meute chaque nuit et aidait à alléger leurs fardeaux afin qu'ils puissent bien dormir.

Tad grogna.

— Je ne pense pas qu'être une veilleuse soit le genre de chose que j'apprécierais. Tu penses vraiment que j'en suis un ?

Elle acquiesça.

— L'une des compétences mineures de tous les Omégas est la capacité de cacher notre odeur si nous en avons besoin. Tu le faisais avant même que nous... tu sais...

— Faisions l'amour ? Avions des relations sexuelles ? Faisions le boogy boogy ? Au fait, tu te rends compte que nous n'avons toujours pas fini ? C'était loin d'être assez long pour un vrai Premier Accouplement. D'après ce qu'on m'a dit, taquina Tad, essayant de détendre l'atmosphère.

Missy embrassa ses jointures.

— Crois-moi, j'ai hâte d'en savoir plus aussi. Je pense

que le nôtre est l'accouplement le plus étrange dont j'aie jamais entendu parler. C'est le plus long à réaliser !

Tad lui serra les doigts.

— *Je t'aime, Missy. Tout ira bien.*

Ils seraient chez Robyn et Keil dans une heure. Que ce soient ses compétences en tant qu'Oméga ou sa capacité à faire des conneries, la paix revint et Tad se détendit. Cela allait fonctionner. Il le fallait.

Il était amoureux et cela arrangeait tout.

TOUTES LES LUMIÈRES de la maison brillaient. Ils ralentissaient à l'approche de la maison en rondins de Keil à la périphérie de Haines, en Alaska.

— Tad. Il est là.

Merde.

— Tu es sûre ?

Elle lui lança un sale regard.

— Désolé. Tu es sûre. Ne t'inquiète pas. On va juste aller lui parler, lui expliquer qu'on est compagnons et c'est tout.

Missy se détourna de lui et Tad sentit sa peur monter à nouveau.

Lui, de son côté, s'énervait royalement. C'était vraiment dommage qu'il ait causé tant de problèmes avec leur accouplement par son ignorance, mais assez était assez. Loups-garous ou pas, certaines choses étaient les bonnes choses à faire. Si l'Alpha de Whistler ne le comprenait pas, il pourrait se le fourrer dans le cul.

La zone devant la maison ressemblait à un parking. La moitié de la meute devait être là, et quelques locations étaient perceptibles à l'avant et au centre. Tad ouvrit la portière de la voiture pour Missy et lui tint le bras pendant qu'ils approchèrent de la maison.

Le Beta de Granite Lake sortit de l'ombre.

— Je suis content de te voir. Avez-vous reçu notre message ? demanda Tad.

Erik fit un signe du côté de la maison. Tad le suivit vers le bas de l'escalier.

— Un groupe de Whistler s'est présenté aujourd'hui et a demandé l'aide de Granite Lake pour retrouver l'un de leurs compagnons de meute ayant abandonné son poste. Ils ont dit qu'elle souffrait peut-être d'un traumatisme et craignaient qu'elle ne représente un danger pour les autres si elle n'était pas traitée correctement.

Missy serra plus fort le bras de Tad.

— Dangereuse ? Missy ? S'il te plaît, quel genre de merde essaient-ils de faire ? La dernière fois que j'ai vérifié, il n'y avait rien de tel qu'abandonner son poste à partir d'une meute. Ce n'est pas un engagement militaire.

Erik baissa son énorme corps au niveau de Missy pour qu'ils soient face à face.

— Tu approches de la fin de ton temps de deuil. Savais-tu que Doug prévoyait de te prendre comme partenaire ?

— Je ne peux pas prétendre être ignorant et demander une prolongation. Je suppose que tu préfères ne pas accepter sa proposition ?

Tad sentit une vague de peur et de nausée l'envahir.

— Je préférerais devenir sauvage, mais ils ont menacé ma sœur.

Tad posa une main rassurante sur son épaule.

— Tu ne vas nulle part, Missy, et nous pouvons protéger ta sœur.

— Nous pouvons la garder en sécurité, n'est-ce pas ?

Il fixa Erik, prêt à tout pour convaincre le Beta de les aider.

Erik se leva et se frotta le menton.

— J'ai des amis à Vancouver auprès desquels je pourrais demander une faveur. Mais elle devrait être prête à partir rapidement. En attendant, cela ne change rien au fait qu'ils — il pointa un pouce par-dessus son épaule — veulent Missy.

— Nous avons reçu votre message selon lequel vous envisagiez de vous accoupler. Quand ils ont entendu la nouvelle, la meute de Whistler a cessé de parler de récupérer un membre disparu, et Doug nous a informés que tu lui avais été promise. Keil a fait ce qu'il a pu, mais ils ont lancé un défi à Missy.

Tad passa un bras autour de Missy.

— Non. C'est ma compagne, Erik. La vraie affaire. Ils ne peuvent pas la prendre.

— C'est ce que j'essaie de vous dire. Ils le peuvent. Ils peuvent la prendre si tu es mort.

Eh bien, ce serait vraiment gâcher sa journée.

— Des loups assoiffés de sang.

— Pas l'un de nos meilleurs traits de personnalité, je l'admets.

Tad prit une longue inspiration et réfléchit. Il venait d'être déclenché. La prochaine pleine lune était dans trois semaines. Dans ce laps de temps, ils devraient pouvoir aider la sœur de Missy à s'enfuir, et il pourrait préparer un plan de bataille. Découvrir comment utiliser ses nouvelles compétences en tant qu'Oméga s'il les avait vraiment.

— Très bien, j'accepte le défi. Veulent-ils se battre à Whistler ou...

— Tad, ils veulent se battre ici. Maintenant.

Merde. La politique des loups-garous était nulle.

— Je ne peux pas encore me métamorphoser. Comment est-ce que cela pourrait être un défi juste ?

Il était censé se défendre contre une attaque de loup ce soir ?

— Il y a des règles sur ces choses énoncées dans le code, bien sûr, mais il semble que depuis que tu as été déclenché, tu comptes comme un loup à part entière. Il n'y a rien qui stipule le fait d'avoir à attendre que tu puisses réellement changer.

Erik avait l'air extrêmement mal à l'aise.

— Ce serait dans l'intérêt du fair-play d'attendre, mais je pense que le commentaire de Doug était quelque chose comme « Je veux tuer le petit bâtard dès que possible. » Nous ne parlons pas de gens sympas ici, Tad.

Missy se pressa contre lui. La connexion entre eux s'embrasa. Des images lui traversèrent l'esprit — Missy accompagnant Doug, Tad parti en sécurité — Tad gémit. Même s'il était intéressant de savoir ce qu'elle prévoyait, il serait difficile de lui offrir des cadeaux-surprises à l'avenir s'ils ne pouvaient garder aucun secret l'un pour l'autre.

Il la tourna pour lui faire face et passa sur sa joue. Il baissa la voix pour s'adresser à elle seule à voix basse.

— Missy, tu ne vas pas avec eux. Tu penses que tu peux nier notre union et aller avec Doug maintenant ? Je ne pense pas.

— Si ma sœur est en sécurité, je peux le supporter. Je ne veux pas te perdre. Mets-la en sécurité et je finirai par m'éloigner de Whistler.

Tad la serra contre lui, ses lèvres effleurant sa joue. Cette fois, il parla intimement à travers leur relation de partenaire, essayant de transmettre l'émotion qu'il ressentait avec les mots.

— *Je ne peux pas te laisser y retourner. Je ne supporte pas l'idée qu'il te touche. Je préférerais mourir en le tuant plutôt que de te laisser retourner à une vie qui t'a fait tant de peine.*

Missy s'accrocha à lui pendant une seconde puis le regarda avec la peur dans les yeux.

— C'est un défi. Il se transformera en loup et te tuera, et tout sera ma faute.

— J'aimerais n'être jamais revenue.

— Tu ne veux pas dire ça.

Tad la tint près de sa poitrine.

— *Je t'aime et je suis si heureux que tu sois revenue dans le nord et que tu m'aies trouvé.*

— *C'est un loup Alpha et il se bat déloyalement.*

Tad l'embrassa. La voici dans ses bras, la chose la plus merveilleuse qui lui soit jamais arrivée, et un criminel voulait la lui enlever. Aucun foutu moyen.

— J'ai quelques tours dans ma manche. Je peux me battre salement si je le dois. Il n'a pas droit à un combat loyal après ce qu'il t'a fait, à ta famille et à ta meute.

Erik s'éclaircit la gorge.

— Si tu es prêt, tout le monde attend à l'arrière.

9

Tad avait déjà vu des photos de combat de gladiateurs dans l'arène. Cette configuration était un peu plus archaïque et rustique. Du côté droit de la cour arrière de Keil et Robyn, la neige avait été tassée en forme de petite patinoire de hockey. La zone défrichée se heurtait aux arbres qui menaient au désert. Des plafonniers lumineux éclairaient toute la zone en plein midi.

— Quelqu'un qui a peur du noir, Keil ? appela Tad.

Erik tira Missy avec lui vers la maison et Tad regarda la lumière dans ses yeux faiblir.

— *Missy. Ôte cet air de ton visage et fais-moi confiance. Nous devons décider où aller pour notre lune de miel. Après avoir terminé le travail au mont Logan. Liard Hot Springs en avril ?*

— *Tad, il saute à gauche.*

Puis le silence.

Tad leva les yeux vers la maison.

— Keil ?

Keil entra dans la zone éclairée et attira Tad pour un câlin. Il portait son équipement de guide habituel composé d'un pantalon de camouflage et d'un gilet matelassé. Il y avait un homme grand et mince à ses côtés, vêtu d'un costume.

— Tad, voici Heath, Beta de Whistler. Il est là pour s'assurer que j'explique le défi et tous les termes.

Keil lança un regard mauvais à l'intrus.

— Il écoute également pour s'assurer que je ne donne aucun indice sur la façon de gagner cette chose. Je suis désolé, mais ils ont la loi traditionnelle de leur côté. J'ai un contrôle total sur ma propre meute et mon territoire, mais ce genre de défis obéit à des lois qui sont plus grandes que moi. J'ai suggéré qu'ils attendent jusqu'à la prochaine pleine lune pour que tu puisses également changer, mais le foutu code dit...

— C'est bon.

Keil fit un bruit grossier.

— Ça ne va pas. Ta sœur va me rendre la vie misérable parce que je n'ai pas trouvé de meilleure solution.

Tad regarda autour de lui, mais ne vit rien au-delà des lumières aveuglantes. Le reste de la cour et la maison étaient des ombres en arrière-plan.

— Est-ce que Robyn regarde ?

— Oui. Erik restera avec elle et Missy jusqu'à ce que ce soit fini. Elles sont toutes les deux en sécurité pour le moment.

Keil se redressa, menaçant. Il rendit le Beta de Whistler faible et pathétique.

Tad le sentit à nouveau, un transfert d'informations lui provenant d'un autre loup. Des émotions arrivèrent à son cerveau — le désir de son Alpha de prendre le dessus, sa profonde frustration — ce n'était pas seulement Missy qu'il savait lire, il savait aussi ce que voulait Keil.

Putain de merde, il était bel et bien un Oméga.

— Tout se passera bien. Tu as fait tout ton possible. Je

sais que tu prendrais ma place si tu le pouvais, mais ce n'est pas permis.

Keil recula d'un pas. Il secoua la tête vers Tad avec incrédulité.

— Donc, tu es vraiment un Oméga également ?

Tad opina du chef.

— On dirait que c'est comme ça. Quel est le problème ?

— Doug veut Missy, il doit donc mener la vraie bataille. Il peut se transformer aussi souvent qu'il le souhaite. Il est Alpha pour une meute forte, ce sera donc un loup fort. Ne le sous-estime pas. Tu es seul dans l'arène jusqu'à ce que l'un de vous deux soit vaincu. Le gagnant obtient Missy.

— Aucune arme n'est autorisée, gémit Heath. Je veux le vérifier.

Keil lui lança un regard noir.

— Nous ferions mieux de tirer les dents et les griffes de Doug, n'est-ce pas ? Pour faire de ce combat un combat égal ?

Heath haussa les épaules.

— Tad est le bienvenu pour mordre et gratter tout ce qu'il veut pour gagner le combat.

Tad se tint silencieusement pendant que Heath le tapotait. Cela le fit frissonner. Il souhaitait pouvoir péter à volonté comme TJ, juste pour effacer le sourire narquois du visage du connard pendant une minute. Il se tourna vers Keil.

— C'est ma compagne. Je peux gagner, j'en suis sûr.

Le grand étranger fit un bruit d'étouffement.

— Vous êtes très confiant. On se prépare ? Le défi est à mort.

— Vraiment ? J'aime mieux le combat « à la douleur », vous savez, comme dans *The Princess Bride* ? La mort est rapide, mais la douleur dure. Oups, vous le saviez déjà ?

Il leur tourna le dos et balança ses bras d'une manière majestueuse vers la maison. D'accord, toute la situation était devenue un peu incontrôlable et il aurait apprécié un peu de renfort. Un combat à mort contre un homme qui avait tué son propre frère ? Tad avait besoin de savoir qu'à la fin, Missy serait en sécurité. Même si cela lui retournait l'estomac, il s'assurerait que Doug abandonne ou ne quitte pas l'arène en vie.

— Qu'est-ce que tu fais ? demanda Keil.

— Je communique avec les esprits. Tu vois, comme un Oméga...

Il jeta un coup d'œil par-dessus son épaule pour s'assurer que ses mots avaient un impact sur Heath.

— En tant qu'Oméga, Missy et moi avons la capacité d'utiliser non seulement nos compétences, mais aussi les compétences des loups qui ont combattu ici auparavant.

Connerie. Il avait un diplôme là-dessus, et maintenant cela ferait mieux de fonctionner. Il bougea ses bras avec grand soin, priant pour que Robyn regarde sa « communion ». *Allez, Robyn, passe le message à ton compagnon.*

Keil sursauta à côté de lui. Tad prit soin de ne pas regarder son beau-frère en terminant son « ondulation magique ». Heath s'était éloigné de Tad d'un pas ou deux. Bon. La peur pourrait aider à garder Tad en vie et il voulait vraiment, vraiment rester en vie.

Une autre silhouette se dirigea nue vers eux à travers le terrain enneigé de février. Tad n'arrivait toujours pas à s'habituer à la façon dont les loups laissaient tout traîner.

Tad sourit à la maison.

— *Missy, puis-je appeler ton beau-frère saucisse ?*

— *Tu veux bien prendre ça un peu plus au sérieux, mon amour ?*

— *Saucisse de cocktail, oui.*

— *Tad, s'il te plaît...*

Keil et Heath se tenaient entre les deux, forçant Doug et Tad à se faire face sur une distance de dix pieds. Keil fit un signe de tête à Tad, puis parla à Heath.

— Je veux observer en loup depuis le sol. Vous pouvez me joindre.

Keil avait compris le message. Il fallait désormais convaincre le Beta.

— *Un peu d'encouragement tout de suite, Missy. Heath doit dire oui.*

Tad se concentra pour s'assurer que des sentiments positifs et paisibles émanaient de lui et de Keil.

Heath hocha la tête, et les deux s'écartèrent pour se déshabiller. Tad ne put s'empêcher de remarquer que Keil était bien plus impressionnant nu que les autres loups de Whistler.

— *Tu as un problème que je dois connaître ?*

Les pensées de Missy se moquaient de lui.

— *Dis juste à ma sœur qu'elle est une femme courageuse.*

— *Mauvais garçon. S'il te plaît, fais attention, Tad. Je t'aime tellement.*

Il prit note de l'endroit où les hommes quittèrent l'arène pour s'assurer que son plan de sauvegarde était en place avant d'affronter Doug. Il était encore temps de résoudre les choses de manière civilisée.

— Salut. Je suis Tad. Je comprends que nous sommes un peu liés depuis que Missy et moi nous sommes accouplés...

Doug grogna et montra les dents. Ses canines dépassaient ses lèvres.

— Tu es sûr de vouloir faire ça ? Missy et moi sommes des Omégas et...

— Tu es un imbécile. Tu ne sais pas comment utiliser tes compétences, c'est pourquoi je vais te tuer maintenant. Tu as passé une si grande partie de ta vie en tant qu'humain et en tant que sang-mêlé indésirable, tu n'as aucune idée de la puissance d'un Alpha de sang pur. Tu es trop sensible pour baiser une femme déjà accouplée. Oh oui, je sais tout de toi. J'ai cherché quel genre...

Tad le frappa. Durement. À deux reprises.

Un jour, les méchants se rendraient compte que les monologues étaient une mauvaise chose.

Tad arracha son manteau et le noua rapidement. Il n'y avait pas d'autres armes à portée de main. Doug se déplaça, il voulait quelque chose pour battre la bête.

Tad n'était pas inexpérimenté. Il avait combattu en entraînement avec ses camarades de meute au cours des deux dernières années. Il était plus petit que beaucoup d'autres loups, et savait comment se défendre d'une manière rapide et vicieuse, ce qui avait fait stopper certains des combats de classement dans la meute. Il s'était également-ment entraîné avec d'excellents compétiteurs des jeux de l'Arctique. Il avait besoin de l'opportunité de mettre cette formation en pratique.

Doug s'avança vers lui. Il paraissait doux, mais le danger en lui roulait par vagues, son mal le poussait en avant. Tad était plus petit et rapide, et il esquiva la plupart des coups, mais il atterrissait suffisamment de fois par terre pour savoir qu'il serait plein de bleus quand tout serait fini.

Tant qu'il n'était pas mort.

Pas de notion du temps, le combat continuait. Sous les lumières éblouissantes, il n'y avait que des ombres vacillantes et de la douleur. Tad esquiva une autre attaque meurtrière de son adversaire, dansant loin de tout sauf de quelques coups. Son corps protestait de plus en plus. Du sang lui collait aux lèvres et ses jambes se lassaient.

— Tu ralentis. Personne ne vient te sauver, railla Doug.

Il n'était pas sans ecchymoses et coupures, et il semblait surpris par la fureur de la contre-attaque de Tad.

Tad attendit sur le sol où il était tombé après le dernier coup lui écrasant les os. La neige était exquise pour ses membres endoloris, et c'était agréable de se reposer un moment.

De plus, Doug devait faire un pas de plus. L'autre plia une jambe sous lui et garde l'autre lâche et prête.

Doug se pencha sur Tad pour jubiler.

— Tu es vraiment pathétique…

Tad lui donna un coup de pied. Il utilisa la méthode d'Alaska du coup de pied élevé, en appuyant sur le sol avec son bras tendu pendant qu'il forçait sur son pied libre aussi fort et aussi vite qu'il le pouvait. Tad toucha le salaud en plein milieu du visage. D'accord, Tad tricha un peu en ne s'accrochant pas à un pied, mais il se dit que les garçons du gymnase lui pardonneraient sa légère erreur de technique.

Doug heurta le sol à quatre pieds de là où il avait commencé. Du sang coulait de son nez et de sa bouche, et il s'essuya négligemment la main. Regardant ses doigts ensanglantés, il rit, un son sauvage et lugubre.

— Bien. Je dois l'admettre. Tu es un homme plus fort que moi. Je ne sais pas si je te battrais si nous continuions plus longtemps.

Il roula à quatre pattes et s'assit sur ses hanches pendant une minute.

— C'était intéressant, mais j'en ai assez de jouer. Missy est à moi, et tu peux mourir en sachant que je vais lui faire vivre un enfer.

Doug bougea.

Son corps humain n'était pas très impressionnant, mais son loup compensait largement. Voici pourquoi l'homme était Alpha. Il était énorme. Il était aussi d'un brun sale, l'un des rares loups-garous bruns que Tad ait jamais vus. Tad bondit sur ses pieds, attrapa son manteau et le balança.

Doug se précipita et Tad se retourna sur le côté, frappant la tête de Doug avec le manteau. Il ne servait à rien de le frapper ailleurs sur son corps avec de la fourrure épaisse. Si Tad cognait sa cervelle assez souvent, l'idiot risquait de perdre connaissance.

Doug pouvait frapper trop loin et trop vite, et si Tad restait coincé au milieu de l'espace, ce serait comme jeter une guimauve dans un feu.

Les dents de Doug accrochèrent le manteau et ses griffes se glissèrent sur la jambe de Tad. Il se força à rester debout sur un membre qui le brûlait tandis qu'avec l'autre il donna un coup de pied à l'aine de Doug, essayant de ralentir un peu la bête monstrueuse. Du sang coulait alors qu'ils s'éloignaient l'un de l'autre, Doug privilégiant sa jambe arrière gauche, et Tad boitant aussi.

Une petite chose idiote provoqua le tournant du combat. Tad portait les vêtements qu'il avait empruntés dans la chambre de Shaun, et ils étaient tous lâches. Doug lui cria dessus, captura une jambe de pantalon avec ses dents pointues. Le mouvement tira le pantalon de Tad sur ses hanches et lui piégea les jambes afin qu'il ne puisse pas s'échapper. Doug le lâcha et le regarda avec un sourire de loup alors que Tad reculait comme un crabe vers le bord même de l'arène.

Ce n'était pas ainsi que cela devait se passer. Mourir avec votre pantalon autour des chevilles était une blague ! Tad hésita une fraction de seconde ; Doug était au-dessus de lui. Des fléchettes enflammées traversèrent le corps de Tad alors que des dents acérées comme des rasoirs se fixèrent sur le haut de son bras et le cassèrent en deux. Il hurla de douleur et de colère, regardant le loup se retirer au milieu de l'arène pour jubiler.

Une sueur piquante coulait dans les yeux de Tad et il haletait.

— *Il est temps, mon chéri.*

Une vague de fraîcheur le saisit, engourdissant son bras et éclaircissant son esprit. Le toucher de Missy était rassurant et réconfortant. Elle était toujours persuadée qu'il savait ce qu'il faisait.

Il espérait savoir ce qu'il faisait.

Ce ne serait pas joli, mais il devait essayer. Il enleva ses chaussures et se traîna sur ses pieds, laissant son pantalon tomber au sol. Il arpenta le périmètre de l'arène, son regard suivant Doug qui gronda et marcha vers lui. Tad s'appuya sur l'arbre le plus proche de l'endroit où Keil et Heath avaient quitté l'arène et pria pour que le message soit passé.

Les plafonniers s'éteignirent, laissant des aurores fantomatiques sur ses rétines. Des cris résonnèrent dans la maison, les gens coururent sans doute pour faire fonctionner un générateur.

À l'aveugle, Tad glissa sa bonne main dans le gilet de Keil qui pendait depuis le début du défi. Il devait être là. Keil portait toujours ce foutu truc.

Un soulagement soudain le frappa lorsque ses doigts se refermèrent sur le métal dur d'un pistolet.

Il tomba à genoux en berçant son bras cassé alors qu'il tenait l'arme récupérée dans le gilet. Il entendit Doug renifler, essayant de le suivre. Il serait normal que le loup prenne l'avantage dans ces conditions.

Sauf que Tad était un Oméga.

Toute la colère accumulée en ressentant la peur de Missy pour cet homme donna à Tad la puissance de faire n'importe quoi pour la sauver. Il ferma les yeux pour ne pas se forcer à utiliser sa vision, et il ouvrit son esprit à la capacité qui avait mijoté sous la surface pendant une si grande partie de sa vie.

C'était comme porter des lunettes infrarouges.

Doug s'avança vers lui sur des pattes silencieuses. Tad tranquillisa son esprit. Doug s'arrêta dans sa course, secouant sa tête d'un côté à l'autre comme s'il délogeait une mouche agaçante.

La fréquence cardiaque de Tad augmenta. Cela fonctionnait. Il poussa plus fort sur son ennemi, essayant de faire s'endormir Doug. Le loup tituba en cercle, gémissant et criant dans l'air. Il agrippa le sol et gronda, visiblement conscient de ce que Tad faisait, mais incapable de maîtriser les compétences Oméga que Tad s'appropriait au plus profond de lui.

Tad voulait que l'homme sorte de la vie de Missy pour toujours, mais l'idée de tuer quelqu'un de sang-froid n'était tout simplement pas dans son style. Peut-être qu'il y avait trop d'humain en lui, mais puisque Missy avait évoqué la possibilité du conseil des loups ou des tribunaux humains, il y avait donc une meilleure solution.

Doug roula sur le sol, ses jambes s'agitant en l'air alors que Tad continuait à le submerger mentalement. Soudain, Missy fut là dans l'esprit de Tad pour le soutenir. Doug n'était pas à la hauteur de leurs deux forces, bien qu'ils fussent non entraînés et pas infaillibles.

La présence de Missy devint plus forte, et à travers l'arène, Tad vit un une fourrure argentée au clair de lune.

— *Qu'est-ce que tu fais ? Sors d'ici !*

Elle ralentit pour marcher, sa forme de loup si belle qu'il ne put détacher son regard d'elle.

— *Je suis la cause du combat. S'il cède au défi, tu n'auras pas à le tuer.*

Elle savait. D'une manière ou d'une autre, elle savait

qu'il ne voulait pas tuer, pas si cela pouvait être évité. Son étonnement devant la profondeur de la connexion entre eux en tant que compagnons se dressa à nouveau.

Tad se tourna pour faire face à Doug qui gisait au milieu de l'arène.

— Cèdes-tu ? Je te laisserai vivre si tu te désengages du défi pour Missy.

Tad assouplit son contrôle sur Doug, suffisamment pour le laisser bouger légèrement. L'Alpha roula sur le ventre et laissa tomber sa tête au sol.

— Il cède !

Le Beta de Whistler redevenu humain se précipita dans l'arène avec Keil sur ses talons.

— Acceptera-t-il l'examen par le conseil de son leadership et abandonnera-t-il le défi ? demanda Tad, gardant les yeux sur Doug.

Le regard de l'Alpha allait et venait. Soudain, il sauta sur Missy. Son corps se déplaça vers la gauche. Ses griffes sortirent et ses dents tentèrent de lui arracher la gorge.

Tad cria un avertissement et leva le pistolet pour tirer deux fois de suite.

Tout devint silencieux, et le moment suspendu, le loup surdimensionné qu'était Doug s'écrasa au sol juste à côté de sa cible. Son corps se contracta plusieurs fois, puis resta immobile.

Missy se tourna vers lui, courant en avant et sautant au ciel. Tad eut assez de force pour enrouler son bras valide autour d'elle.

Elle s'accrocha à lui comme si elle n'allait jamais le lâcher, ce qui lui convenait.

— Tu étais incroyable, l'informa-t-elle. Et je ne veux plus jamais te voir faire ça.

— Alors, nous sommes deux, approuva Tad sans réserve.

Sa compagne l'aida à retrouver son équilibre tandis que Keil et les autres se dirigeaient vers eux.

— Je pense que j'ai peut-être pas mal d'ennuis, mais pour le moment, si ça ne te dérange pas...

Il se pencha et effleura ses lèvres des siennes — c'était tout ce qu'il pouvait supporter, mais il avait besoin de ce moment de connexion.

Quand il se recula, elle souriait doucement.

— Je t'aime, Tad.

— Je t'aime, aus...

C'est à ce moment-là qu'il se rendit compte qu'elle était nue et qu'ils étaient sur le point d'être totalement entourés par un tas d'hommes.

— Change-toi, ordonna-t-il sévèrement.

Missy inclina la tête avec confusion.

— *Change, s'il te plaît* ? lui demanda-t-il en privé, aussi poliment qu'il le put juste avant que le monde ne commence à s'embrouiller.

Elle leva les yeux au ciel, mais honora sa demande, revenant sous sa forme de loup. Il s'effondra. La dernière chose dont il se souvint avant de tomber fut sa douce fourrure sous ses doigts et le son de son rire dans sa tête quand le plus beau loup au monde lécha le côté de son visage.

— *Nous avons le reste de notre vie à partager l'un avec l'autre.*

10

———

Missy regarda joyeusement son nouveau beau-frère raccrocher le téléphone et ensuite donner un tendre baiser à sa femme.

C'était une chouette sensation, de pouvoir penser à un beau-frère sans avoir la nausée en même temps.

— La direction de la meute de Whistler a été réorganisée par le conseil. Cela a pris trois semaines parce qu'ils essaient d'éviter d'impliquer les autorités humaines dans le traitement des objets illégaux que Missy avait documentés, déclara Keil.

Il se blottit auprès de Robyn.

— Que tu utilises une arme à feu lors d'un défi a été pardonné à la lumière de la trahison de Doug. De plus, le fait que tu aies refusé le poste d'Alpha pour Whistler signifie qu'il y a une loi archaïque dans le code qui t'accorde la clémence.

Ce soir, c'était la pleine lune et Tad vivrait son premier changement, mais jusque-là, il y avait le temps de se détendre et de rendre visite à des personnes qui étaient devenues très importantes pour Missy.

Cette dernière échangea des sourires satisfaits avec Robyn.

— Je n'allais pas laisser ce bâtard me tuer parce que je ne pouvais pas encore changer de forme, souligna Tad. Je suis content que tu y aies prêté attention, Robyn, sinon j'aurais été là-bas sans arme de secours. Je me sentais comme un imbécile faisant semblant d'agiter mes bras en signant comme un fou. Et bien que tout le truc d'Oméga soit vraiment cool, j'ai besoin de plus de pratique avant de compter dessus pour sauver la vie de quelqu'un.

— Alors, vous êtes tous les deux officiels maintenant ? demanda TJ.

— Officiel quoi ? demanda Tad en effleurant la joue de Missy d'un baiser.

Elle inspira son parfum, le confort et la satisfaction l'enveloppaient.

Elle se sentait tout de même un peu mal à l'aise, mais c'était à prévoir.

TJ arpentait la pièce, ses longues jambes constamment sur le point de trébucher.

— Omégas pour la meute de Granite Lake. Je sais que vous êtes compagnons parce que, euh, je peux sentir celui-là à un kilomètre et demi. Il y a aussi cet autre parfum étrange qui, je pense, signifie...

— TJ, j'ai besoin que tu ailles sortir mon sac de la voiture, ordonna Missy, jetant un coup d'œil à Tad pour voir s'il avait pigé la bévue.

Comment TJ aurait-il pu le savoir ?

Le jeune homme soupira en s'avançant vers la porte.

— Bien. J'y vais. Pour ta gouverne, ce n'est pas de ma faute si j'ai un odorat supérieur. Je pense que c'est assez pourri que tu ne me laisses pas être là quand tu fais l'annonce...

— Allez !

Missy se frotta le front.

— Comment va Maggie ?

Tad interpréta pour Robyn qui lui fit signe de poser la question.

Missy se tordit sur son siège.

— Bien. Elle avait peur, mais les amis d'Erik sont arrivés juste à temps.

— Erik a l'ordre de faire tout ce qu'il faut pour la garder en sécurité, lui rappela Keil. S'il a besoin de se rendre là-bas pour l'aider, il le fera. Cependant, il pense que si elle veut rester et terminer ses études, elle n'aura pas de problèmes. Ses amis sont assez puissants.

Un soupir de soulagement lui échappa.

— Les amis d'Erik doivent être des gens assez effrayants eux-mêmes.

— Des ours, il m'a dit, précisa Tad. Et des couguars. Des méchants. Elle ira bien.

Missy aurait souhaité que sa sœur les rejoigne plus tôt, mais heureusement qu'il y aurait des vacances et autres avant que Maggie n'ait terminé ses études.

— Tu vas accepter le poste, Tad ? demanda Keil, les ramenant au sujet en cours alors qu'il jeta un coup d'œil entre eux. C'est pour toi et Missy. En plus d'être nos Omégas, vous pouvez exploiter votre service pilote à partir de Haines Junction, ou nous pouvons augmenter les réservations pour une exposition maximale et garder l'entreprise familiale florissante ici, en Alaska.

— Eh bien, cela dépendra de l'endroit où Missy veut avoir le bébé, déclara Tad en serrant plus fort son bras valide autour d'elle, l'autre toujours dans un plâtre.

Elle aurait dû savoir qu'elle ne pouvait pas garder le secret longtemps.

— Tu savais ! J'essayais de cacher l'odeur.

Tad rit.

— Devenir ton compagnon a arrangé mon odorat. De plus, je suis un Oméga. Je sais ce qui se passe, et je veux te dire que je suis heureux comme un fou.

De l'autre côté de la pièce, Keil renifla.

— Tu es fier d'avoir du super sperme. Qu'est-ce que tu as fait, tu l'as assommée le premier jour ?

Missy se mordit la lèvre et fronça les sourcils pour arrêter son hochement de tête enthousiaste. Elle croisa le regard de Robyn et lui fit un clin d'œil. Les épaules de Robyn tremblaient d'un rire silencieux.

— Bien sûr, je pense que ce serait formidable que les cousins soient élevés ensemble. Vivre ici à Haines pourrait être pour le mieux, poursuivit Tad, fixant le plafond tout en se frottant le menton.

Un bruit sourd s'éleva du coin de la pièce. Keil chuta du bras du canapé, la bouche grande ouverte. Robyn lui sourit, posa un bras l'un sur l'autre et les secoua d'avant en arrière.

— Merde ! s'exclama Keil. Vraiment ? Un bébé ? Mais je n'ai jamais senti, je n'ai jamais… oh, oui.

Voici tout ce que Missy avait toujours espéré, attendu. Un rêve en train de devenir réalité. Elle n'avait plus à s'enfuir, n'avait plus à essayer d'échapper à quelque chose de plus dangereux que TJ.

ÉPILOGUE

Tad n'était pas content.

Il aurait dû l'être. Il aurait dû être fou de joie parce qu'il avait attendu des années que ce jour arrive. Depuis qu'il avait découvert les métamorphes et constaté qu'il en était un, il avait oscillé entre une existence et une autre.

Aujourd'hui, tout était sur le point de changer et il devrait être l'homme le plus heureux de la Terre. Surtout que sa compagne — sa meilleure amie dans le monde entier et son putain de cœur — serait là à ses côtés pour le guider dans sa première transformation en loup.

Il allait être un loup.

C'était incroyable, étonnant, formidable...

Gênant.

Il croisa les bras sur sa poitrine en dépit de son plâtre, et fixa l'Alpha de Granite Lake.

— Je pensais que cela allait être une affaire privée.

TJ, le frère cadet de l'Alpha, bien plus ennuyeux, se leva et laissa échapper un grognement.

— Oui, sûrement. Privé ? Tu te souviens que tu es un loup, pas un ours polaire ?

Tad ignora TJ et maintint un contact visuel avec Keil.

— Pourquoi devons-nous le faire devant un public ? Toi et Robyn êtes les grands de la meute...

— ... et tu es son frère et Oméga de la meute. Je te jure que si tu ne t'actives pas, je te ferai bouger.

La troisième personne dans la pièce, l'homme surdimensionné qui était le Beta de la meute, éclata de rire.

— Attention, Keil, taquina Erik. Tad est l'un des rares membres de la meute à qui tu ne peux pas ordonner de t'obéir.

Pour la première fois depuis qu'il avait réalisé que ce ne serait pas seulement lui et Missy seuls au clair de lune pour son premier changement, Tad esquissa un sourire.

— Comme il dit.

— Je peux te mettre sur mon épaule et t'emmener, volontairement ou non, proposa sèchement Keil. Allez. Finissons-en. Personne ne remarquera que tu es nerveux.

— C'est la première fois que je vois quelqu'un hésiter à devenir un loup. Tout ira bien, lui assura Erik. Keil a raison. Tu as juste besoin d'aller là-bas, de te déshabiller, et Missy te guidera tout au long du changement. Boum, tu porteras de la fourrure. Presque pas de temps passé nu.

Tad se fustigea pour rester aussi nonchalant que possible.

— Hé, le problème n'est pas d'être... nu.

Menteur.

— Je pensais que c'était un événement familial. Pas besoin de public. Je suis un gars assez simple.

Les trois hommes le fixaient, la tête penchée sur le côté, des expressions disant clairement « conneries ».

— Tu es le loup le plus humain que j'aie jamais rencontré, l'informa Keil. Et ce n'est pas une insulte.

Keil marqua une pause.

— D'accord, c'est une insulte, mais je ne le pensais pas comme tel. Nous savons que tu es dégoûté par la nudité, mais nous devons résoudre les problèmes rapidement. Tu n'aimeras peut-être pas l'idée, mais changer de vêtements est une plaie royale, et la première fois que tu te tiens à quatre pattes n'est pas un bon moment pour rajouter à ça un problème d'équilibre. Tu devras déjà sortir du plâtre.

— Je m'en fiche si je trébuche sur mes propres pieds, insista Tad, mais sa protestation fut moins véhémente qu'il ne l'avait prévue parce qu'il y avait cette petite voix intérieure lui disant en termes non équivoques que son loup s'inquiéterait de regarder l'idiot.

Un instant plus tard, ses soupçons furent confirmés lorsque TJ offrit son point de vue à contrecœur.

— Tu ne t'en soucies peut-être pas, mais ton loup le fera.

Il fit une grimace.

— La seule raison pour laquelle je ne me fais pas battre plus souvent est que mon côté loup est un dur à cuire. Peu de gens dans la meute veulent déconner avec lui.

Erik plaqua une main rassurante sur l'épaule du jeune.

— Ne t'inquiète pas, gamin. Tu deviendras fort un jour.

Étrangement, ce fut ce moment d'interaction qui donna à Tad le courage de hocher vivement la tête au loup qui était maintenant son beau-frère.

— Bien. Nous sortons, je rejoins Missy, baisse mon pantalon et change d'agencement. C'est tout, d'accord ?

Keil hocha la tête.

— C'est tout.

Tad inspira profondément.

— D'accord, mais je ne porte pas de peignoir. J'aurais

l'impression d'arriver au banquet de Poudlard en vue d'un strip-tease.

Il redressa les épaules puis fit face à la porte. C'étaient juste quelques membres de la meute. Pourquoi s'en inquiéter autant ?

Keil ouvrit la porte et une vague d'images et d'émotions frappa Tad. Il coupa précipitamment la connexion qu'il avait mystérieusement avec l'ensemble de la meute — l'Oméga qu'il était encore en train de comprendre.

Mince. Il devait y avoir près de cinq cents corps coincés dans la zone.

Il se tourna vers Keil avec un regard mauvais.

— Quelques personnes ?

Keil haussa les épaules.

— Je n'ai jamais été fort en maths.

Il posa une main sur l'épaule de Tad et le poussa en avant. Ce n'était plus la peine de se plaindre parce qu'ils avaient raison. Il était puéril.

— *Et je t'attends.*

Missy parla directement dans sa tête. C'était à ce point incroyable que Tad n'allait jamais s'en remettre.

Il ne lui fallut pas longtemps pour la repérer, car elle ne faisait pas partie de la foule — la foule était un mot trop faible pour ce rassemblement massif. Elle se tenait à côté de la plate-forme récemment construite à l'autre bout de l'arène, ses cheveux blonds dénoués autour de ses épaules, le doux sourire sur ses lèvres très certainement pour lui seul.

Missy portait l'une des robes chatoyantes. Le fait qu'il se déshabille induisait qu'elle se déshabille aussi, et tout à coup, toute cette tracasserie publique passa de mauvaise à... vraiment très mauvaise.

— *Tad. C'est juste un peu de peau.*

— *Mais c'est ta peau, et je ne veux pas que quelqu'un d'autre la regarde.*

Au diable le protocole. Au lieu de prendre la main qu'elle lui offrit, il prit son visage dans ses mains, l'embrassant fermement. Le nouvel Oméga laissa tout ce qu'il ressentait pour elle passer à travers leur relation de partenaire, à la vue de tout le monde.

Heureusement, au lieu de s'énerver qu'il agisse comme un homme des cavernes, tout l'amour qu'il ressentait pour elle lui revint jusqu'à ce qu'il bourdonne d'énergie. Ils s'écartèrent et se sourirent.

D'accord, alors. Il était temps d'accepter la nudité.

Ses joues étaient rouges alors qu'elle montait les escaliers à côté de lui, le guidant vers le milieu de la scène. Les lumières de la cour avaient été tamisées pour permettre à la lune au-dessus de leurs têtes d'être l'éclairage principal, et chaque centimètre de Tad sembla bien plus vivant qu'auparavant. Les odeurs devinrent plus fortes, sa peau piquante d'énergie et ses sens Oméga dérivèrent et échappèrent à tout contrôle alors que des bribes d'informations vinrent du rassemblement en dessous d'eux.

— Regarde-moi.

— Oui, m'dame.

Ses lèvres se retroussèrent en un sourire. Puis elle attendit que le bruit assourdissant de leurs témoins s'estompe.

Attente.

Attente.

Missy haussa un sourcil.

Ah, c'est vrai. Nu.

Il n'avait pas de peignoir, il lui faudrait donc plus de temps pour se déshabiller. Il tendit la main au-dessus de sa tête et enleva son T-shirt.

— Je veux que tu enlèves cette robe à la toute dernière seconde. Personne ne peut te regarder plus longtemps que nécessaire. Cependant, tu n'as pas à te précipiter. Je suis en quelque sorte en train d'apprécier ça.

Tad hésita avec ses mains sur le bouton ouvert de son jean. Nan. Pas même avec l'admiration dans ses yeux.

— Je te ferai un strip-tease quand nous serons seuls, promit-il.

Le plus vite serait le mieux. Il fit glisser précipitamment la fermeture éclair, poussant le tout au sol. Il enleva les jambes de son pantalon et ses chaussures. Une faible brise se leva et tous les poils de son corps se dressèrent.

Le moyen le plus sûr semblait être de présenter ses fesses, mais dès qu'il se tourna, quelqu'un dans la foule laissa échapper un soupir vigoureux, et il combattit l'envie de se couvrir.

Il se plaça devant Missy, se mettant entre elle et l'assemblée.

— Allons-y et faisons-le.

Alors qu'il se tenait là avec le clair de lune qui brillait sur lui, quelque chose de chaud et sauvage le culbuta. Ce devait être son loup.

Missy lança un regard appréciateur sur son corps nu, s'attardant sur ses abdos. Ou il pensait que c'était sur ses abdos.

— J'aime vraiment cette vue.

Elle leva les mains jusqu'au col de sa robe pour se préparer à la défaire et à laisser tomber le tissu, lorsqu'un cri retentit dans la foule.

— Écoutez, tout le monde ! Nous devons briser ce rassemblement, ordonna quelqu'un d'une voix grave.

Briser le rassemblement ? Maintenant ?

— Que se passe-t-il ? questionna Tad en se retournant pour défendre Missy dans son dos.

Keil et Éric n'avaient pas l'air trop inquiets, mais ils se dirigeaient vers la scène après le nouveau venu. Pendant ce temps, tout ce à quoi Tad pouvait penser, c'était qu'il y avait une foule rassemblée, et qu'il se tenait tout nu avec tout à l'air, et qu'il était sur le point d'être arrêté pour attentat à la pudeur.

Le soulagement fit trembler ses jambes à l'instant où il reconnut l'homme en tant que membre de la meute.

— Désolé d'interrompre votre cérémonie, mais nous devons envoyer des personnes dans d'autres parties de la salle de conditionnement pour en réduire le nombre conformément au permis requis.

Il se tourna vers Keil arrivé à côté de lui.

— Le directeur de la sécurité et des affaires publiques pour l'Alaska est en ville, et il est humain. L'homme a eu vent de ce soir, et il est en route en ce moment. Nous n'avons pas encore de permis pour la nouvelle scène, ou un rassemblement dans cette zone, encore moins un de cette taille, donc mon cul est en jeu.

Une danse du chaos non répétée s'ensuivit. Tad attrapa Missy par la main et suivit comme indiqué, mais chaque pas rapide fut un rappel ferme que son attirail était toujours à l'air.

L'anatomie masculine n'était pas faite pour courir nue.

Une partie de la foule alla dans un sens, une autre dans l'autre, avec seulement une petite partie les rejoignant dans un sprint vers le désert plus éloigné, un résultat pour lequel il fut doublement reconnaissant lorsque Missy le heurta et que son bras effleura sa poitrine.

C'étaient de très beaux seins. C'étaient les seins les plus beaux qu'il ait jamais vus de sa vie, et il était très heureux d'avoir appris à les connaître de manière intime. Son corps voulut être poli et lui dire bonjour. Cette certaine partie de son anatomie, cette partie qu'il souhaitait vraiment ne pas voir, n'était désormais plus à ignorer, mais droite et ondulante.

— Je suis content que tu trouves ça divertissant.

— Ce que je ressens, c'est de la suffisance. Écouter les commentaires de la foule disant à quel point tu es délicieux et savoir que tu es à moi me rend heureuse. Elle jeta soudain un coup d'œil par-dessus son épaule, pour signifier à l'un des autres membres de la meute qu'il était à elle.

— D'accord, certains d'entre eux vont un peu trop loin.

Quelqu'un dans la foule laissa échapper un sifflement de loup perçant, et Tad jeta un coup d'œil sur le côté, à temps pour voir un groupe de femmes âgées de vingt ans et plus agitant leurs sourcils vers lui. La femme la plus âgée du groupe, celle avec des reflets roses chatoyants dans ses cheveux, abaissa ses doigts de sa bouche puis lécha ses lèvres d'une manière exagérée.

Assez.

Il se fichait de savoir où ils étaient conduits. Au diable les exigences légales de rassemblement. Il n'avait pas besoin de foule. Il ne *voulait pas* de foule.

Tad attendit que la masse grouillante tourne au coin de la rue, puis il attrapa Missy par la taille et la fit tournoyer, revenant dans le sens d'où ils étaient venus avant de s'élancer sur un chemin de traverse. Il la prit dans ses bras pour pouvoir courir.

Elle passa ses bras autour de son cou, souriant joyeusement.

— Tu vas dans la mauvaise direction !

— Cachons-nous. Utilise ton charabia de loup et donne

l'impression que nous sommes introuvables. Nous avons quelque chose d'important à faire.

Soit elle trouva un moyen d'utiliser leur Oméga, soit il courut assez vite pour que quelques instants plus tard, ils aient perdu le reste de la meute. Cependant, Tad continua, se glissant silencieusement à travers les arbres jusqu'à ce qu'il arrive à la clairière qu'il avait trouvée.

Il remit Missy sur ses pieds, la gardant collée contre son corps. Le vent secoua les branches des sapins les unes contre les autres, mais à part ça...

Silence.

Doux et glorieux silence.

— Il est temps, l'informa Missy.

Elle avait déjà défait la corde nouée qui retenait sa robe fermée, et alors qu'elle recula, le tissu glissa au sol, un tas bleu scintillant au clair de lune.

Ses cheveux blonds reflétèrent des rayons de lune autour de son visage et elle brilla de bonheur et d'amour.

— Je suis l'homme le plus chanceux du monde.

— Tu l'es. Laissons maintenant le loup le plus chanceux du monde jouer à son tour.

Il avait eu l'intention de garder une trace de chaque étape de la façon dont le changement se produisait, mais il s'avéra que la seule chose sur laquelle il put se concentrer fut ses yeux. Envoûtants, attentionnés.

— *C'était quoi ?*

— *Presque aussi bon que le sexe, non ?* le taquina-t-elle, puis le dépassa pour le cogner avec sa hanche.

Fourrure contre fourrure.

Tad se redressa d'un coup, trois pattes pressant la terre, la quatrième se collant maladroitement d'un côté. Il recula, glissant sa jambe hors du plâtre qui avait maintenu son bras humain cassé.

Il plaça timidement sa patte sur le sol, ravi quand seul un léger pincement de douleur lui répondit.

— *C'est guéri.*

— *Pas complètement, et quand tu reviendras humain, cela fera encore un peu mal. Nos loups guérissent plus vite, mais pas par magie. Je savais que tu serais argenté, comme moi. Tu es magnifique.*

Il était toujours Tad, mais maintenant, d'une manière ou d'une autre... il était *plus que cela*.

Il fut sur le point de faire un commentaire sur l'étrange juxtaposition lorsque Missy fit demi-tour et courut vers les arbres. Elle s'arrêta tout proche de la clairière.

— *Alors ? Allons-nous courir, mon amour ?*

Elle avait raison. Les discussions et les analyses étaient du temps humain. Maintenant ? Il était temps d'explorer le monde avec le loup qu'il aimait.

Tad rejeta la tête en arrière et hurla son bonheur au ciel.

SECOND ÉPILOGUE

*Juin. Deux ans et quelques mois plus tard à la maison de la meute
de Granite Lake*

Erik Costanov croisa les bras sur sa poitrine, toisant le plus vieux des trois adolescents debout devant lui, qui se frottait nerveusement les pieds.

— Nous ne voulions pas...

— D'accord, nous l'avons voulu, mais les règles sont stupides.

Sa voix se brisa sur le dernier mot, passant d'un baryton à un soprano enfantin, et le visage de l'enfant rougit d'embarras.

Erik l'ignora. Les adolescents avaient déjà assez à gérer avec la ruée hormonale qui frappait les adolescents sans se faire accabler par leurs aînés à propos de choses qu'ils ne pouvaient pas contrôler.

Les choses qu'ils pouvaient contrôler étaient une autre affaire.

Il laissa son regard dériver sur trois jeunes hommes rassemblés devant lui. Ils lui avaient été envoyés par l'une des femmes les plus âgées de la meute qui les avait surpris en train de peindre à la bombe l'extérieur de la maison de la meute. C'était un problème trop petit pour déranger les Alphas, mais assez gros pour qu'elle sache qu'Erik, dans son rôle de Beta, était la personne parfaite pour infliger une punition.

— Et le moyen de corriger une règle stupide est de vandaliser la propriété d'autrui ? Ou pensez-vous que c'était un moyen de prouver que vous êtes assez vieux pour faire fi des règles ?

Tous les trois se décomposaient comme l'épilobe en période de sécheresse.

— D'accord, c'était stupide.

— C'était puéril, le corrigea Erik.

— Je sais que vous êtes tous plus intelligents que ça quand vous n'êtes pas déçus. J'attends mieux de vous à l'avenir, même lorsque les règles ne sont pas en votre faveur.

— Oui, Beta.

Trois voix à l'unisson.

Il les examina attentivement. Erik savait ce que c'était que d'être déçu et laissé de côté — ou il l'avait fait avant d'avoir atteint sa poussée de croissance dans sa jeunesse et dut ensuite faire face au type de problème opposé.

— Je veux que vous ameniez tous vos parents à me contacter.

Trois paires d'yeux qui s'écarquillèrent d'horreur.

— J'ai besoin de leur permission pour que vous m'accompagniez à Whitehorse ce week-end. Je dois faire un voyage pour récupérer un visiteur spécial, et cela ne me dérangerait pas d'avoir de la compagnie. Si vous êtes intéressés.

Les mâchoires leur en tombèrent, puis Erik se retrouva embrassé par l'un des adolescents. Tous crièrent de joie.

Les parterres de fleurs à l'extérieur de la maison Oméga étaient un peu envahis par la végétation et non désherbés, ce qui était inhabituel étant donné que Missy aimait généralement garder l'endroit joliment aménagé.

La raison était simple.

Missy...

Son ventre si gros et rond avec les jumeaux qu'elle portait qu'il était fascinant de le regarder. Il s'interrogea sur la façon dont elle pouvait rester debout.

Une fois qu'elle fut assise sur une chaise, elle prit une profonde inspiration et leva les yeux avec soulagement.

— D'accord, maintenant je peux réfléchir. Quoi de neuf ?

Erik jeta un coup d'œil dans la pièce.

— Où est Tad ?

— Aller marcher avec James. Cela donne l'impression qu'il promène un chien au lieu de notre fils. Hmm, plutôt aller courir avec James ? Cet enfant s'arrête rarement de bouger.

Elle poussa un autre soupir.

— Dis-moi quelque chose que je ne sais pas.

Il la prit au pied de la lettre.

— J'emmène un groupe d'adolescents avec moi à Whitehorse quand je vais chercher ta sœur ce week-end.

Missy cligna des yeux.

— Oh. Bien fait. Je ne l'ai pas vu venir. Raison du voyage ? Sont-ils récompensés pour quelque chose ?

— Vandalisme. C'est une longue histoire. Je voulais juste savoir si tu avais besoin de quelque chose pendant que je suis à Whitehorse, ou si tu souhaitais que je transmette des messages pour Maggie qui ne peuvent pas attendre qu'elle arrive ici ?

L'Oméga de la meute s'adossa à sa chaise et passa distraitement une main sur son ventre.

— Je suis tellement contente qu'elle nous rejoigne enfin. Elle m'a tellement manqué.

— Elle est très indépendante.

— Têtue, tu veux dire. Je ne pense pas t'avoir dit assez souvent à quel point je suis reconnaissante que toi et tes amis ayez veillé sur elle au cours des deux dernières années. Cela a rendu la distance entre nous plus supportable de savoir qu'elle était en sécurité.

Prendre soin des gens autour de lui et des gens qu'ils aimaient faisait partie de lui. Depuis que Missy et Tad avaient rejoint la famille, Erik s'était assuré que sa sœur reste en sécurité après la dissolution de leur meute.

Il lui envoya plusieurs e-mails et reçut des réponses polies, mais brèves, et il respecta ses vibrations voulant dire « Je veux faire ça à ma façon ».

— Têtue. Comme je te l'ai dit.

— J'ai remarqué. Ça a l'air de faire partie de la famille…

Il se mit hors de portée du coup de poing taquin se balançant dans le vide.

Derrière eux, la porte s'ouvrit et un bambin fit irruption dans la pièce, suivi de Tad, le compagnon de Missy et l'autre Oméga de la meute. Jamie courut directement vers sa mère et tapota son ventre.

Tad… resta sur le paillasson.

Erik l'examina une seconde.

— C'est normal que tu sois mouillé ?

— Pas vraiment.

Tad fit une grimace puis offrit un sourire à Missy.

— Bonnes nouvelles. Jamie sait aussi bien descendre des

arbres que monter dessus. De plus, les branches au-dessus des rivières se brisent sous mon poids, et non sous le sien.

— Je ne veux pas connaître plus de détails, fit sa femme.

— Probablement pas, acquiesça Tad.

L'homme fit un clin d'œil à Erik.

— Je vais prendre une douche. Peux-tu garder un œil sur l'Éclair pendant une minute ?

Erik ramassa le trouble-fait et le tint par une cheville la tête en bas. Les boucles blondes de Jamie pendaient vers le sol, et il rit en levant ses bras vers Erik.

— Oui, je gère.

— Tu es si gentil avec nous, dit sincèrement Missy.

— Vous êtes de la meute.

Et quand la meute appelait, Erik répondait.

Il porta Jamie dans la pièce de devant et déposa l'enfant près du coffre à jouets. En fait, Erik attendait avec impatience un week-end. Juste lui...

... et quelques adolescents... et un visiteur attendu depuis longtemps.

Il rit. Cela ne le dérangeait pas. Cependant, il espérait vraiment que le destin avait un plan pour lui apporter une compagne à lui. Quelqu'un sur qui il pourrait concentrer toute son attention. Quelqu'un qui aurait besoin de lui et l'accepterait.

Vivian Arend, auteure de best-sellers au *New York Times*, vous présente une série de novellas légères au rythme enlevé, indépendantes les unes des autres, avec des couples prédestinés et des fins toujours heureuses.

Les Loups de Granite Lake
tome 1: Le Langage du loup
tome 2: L'Escapade du loup
tome 3: Les Jeux du loup
tome 4: Les Traces du loup
tome 5: Le Territoire du loup
tome 6: La Morsure du loup

Vivian fait actuellement traduire ses nombreuses séries. Merci de consulter son site web pour toutes les dernières informations.
www.vivianarend.com/fr

À PROPOS DE L'AUTEUR

Avec plus de 3 millions de livres vendus, Vivian Arend est une auteure de best-sellers figurant aux classements du New York Times et de USA Today. Elle a écrit plus de 70 romances contemporaines et paranormales.

Ses livres sont des romans intégraux qui peuvent se lire indépendamment de toute série et ne se terminent pas sur un suspense. Ce sont des histoires pleines d'humour et d'émotions, avec des moments sensuels et des fins heureuses. Vivian estime avoir le plus beau métier au monde. Elle habite en Colombie-Britannique, au Canada, avec son mari depuis plusieurs années (l'inspiration de chacun de ses héros et un compagnon volontaire pour toutes sortes d'aventures).

9 781990 674020